사람들

사람들

초판 1쇄 발행 2020년 6월 29일

지은이 황경란
펴낸이 강수걸
편집장 권경옥
편집 박정은 윤은미 강나래 김해림
디자인 권문경 조은비
펴낸곳 산지니
등록 2005년 2월 7일 제333-3370000251002005000001호
주소 부산시 해운대구 수영강변대로 140 BCC 613호
전화 051-504-7070 | 팩스 051-507-7543
홈페이지 www.sanzinibook.com
전자우편 sanzini@sanzinibook.com
블로그 sanzinibook.tistory.com

ISBN 978-89-6545-069-6 03810

* 이 도서의 국립중앙도서관 출판예정도서목록(CIP)은 서지정보유통지원시스템
홈페이지(http://seoji.nl.go.kr)와 국가자료공동목록시스템(http://www.nl.go.kr/
kolisnet)에서 이용하실 수 있습니다.(CIP제어번호: CIP2020025267)
* 이 도서는 2020년도 인천문화재단 문화예술지원사업에 선정되어 발간된
작품입니다.

황경란 소설집

사람들

산지니

차례

사
람
들

부장은 류의 마지막 모습을 떠올렸다. 부장의 머릿속에 그려지는 건 회전의자의 팔걸이에 한쪽 팔을 늘어뜨린 채 돌아보는 류의 모습이었다. 그 순간의 류은 옆모습과 앞모습의 중간 정도를 보여주었다. 류은 부장의 호출에 네, 라고 대답하지도 자리에서 일어나지도 않았다. 비스듬히 돌아앉은 류은 늘 바빠 보였고 그런 류의 모습에 부장이 먼저 류의 시선을 피했다. 부장은 다시 한 번 류의 모습을 떠올렸다. 즐겨 입던 셔츠의 색깔과 넥타이, 줄무늬 양복과 먼지가 앉은 낡은 구두, 오래된 시곗줄과 말없이 굴러가던 시곗바늘까지 모두 기억이 났지만 가끔씩 마주하던 류의 얼굴은 정작 떠오르지 않았다.

류이 어떻게 생겼지, 에서 출발한 것일까.

부장은 회의 시간에 받은 배면표를 옆으로 밀어내

며 류을 대신해 기사를 쓰겠다고 말한 자신을 이해하려 했다. 류의 전화를 받은 것도, 그에게 니가타항의 출장을 허락한 것도 부장이었다.

"그러니까, 이 연재는 내가 마무리할게."

부장은 편집회의 도중 기다렸다는 듯이 말했다. 어느 누구도 부장님이요? 라고 되묻지 않았다. 네, 라는 말로 류의 빈자리가 메워졌고 부장은 류을 대신해 '사람들'의 마지막 기사를 써야 하는 사람이 되었다.

'사람들'은 류이 기획한 사회면 연재 기사였다. 2년 차가 벌써 연재야, 라며 류을 치켜세운 선배들도 있었지만 기획 취재로 따낼 특종이 아닌 바에는 제일 한가해 보이는 사람에게 떠넘기는 일종의 보기 좋은 막일이었다. 류은 한 달 동안 네 번에 걸친 연재를 두고 자신은 두 달도, 석 달도 쓸 수 있다고 자신감을 내비쳤다.

"사람들이잖아요. 사람들. 천지가 온통 사람들인데 뭐가 걱정이에요."

류의 자신감은 그의 행동만큼 단순했다. 그게 말처럼 쉬운 게 아니다, 라는 더 단순한 충고를 받기도 했지만 며칠 후 류이 작성한 기획안에는 그의 말대로 '사람들'로 넘쳐났다.

기획안의 제목은 '시련을 당한 사람들'이었다. 류은 시련의 기준을 '사람에 의한 시련'과 '외부 충격에 의한 시련'으로 구분했다. 표지를 넘긴 부장의 미간에 주름이 잡혔다. 첫 번째 페이지와 두 번째 페이지에는 류이 구분한 사람들의 직업이 나열돼 있었고, 마지막 페이지에는 이 둘의 공통점을 정리하면서 시련을 극복한 사람들의 모임을 만들어 그들을 기억해야 한다는 기획 의도를 밝혔다. 부장은 미친놈이라는 말이 튀어나오는 것을 간신히 참아내며 류의 이름을 불렀다.

"류!"

류과 부장의 시선이 마주쳤다. 부장의 야! 와 류의 왜요? 라는 무언의 대화가 오고 갔다.

"류."

부장은 류의 이름만 부를 뿐 다른 말은 하지 않았다. 대신 기획안을 류의 가슴께로 던지듯 안겨 주었다. 바쁘니까 긴말 필요 없다는 말을 부장은 그렇게 표현했다. 돌려준 기획안 중에서 부장의 호기심을 끄는 건 딱 하나였다.

그 하나의 '사람들'을 자신이 쓸 거라고 생각하지 못한 부장은 정면으로 보이는 벽시계를 바라보았다. 회의가 끝나고 삼십 분 가까이 흘렀다. 편집회의에서

받은 배면표 중 부장이 오전에 체크해야 하는 기사는 없었다. 딱히 바쁠 게 없는 하루였다. 부장은 컴퓨터의 자판을 끌어당겼다. 회의실에서 나오자마자 입력한 '사람들' 옆으로 커서가 깜빡였다. 부장이 류을 대신해 써야 할 마지막 '사람들'은 고등학교 학생들의 모임이었다. 그들만의 역사교과서를 만들고 있다는 학생들의 모임은 '외부 충격에 의한 시련'으로 분류됐다.

처음 기획안을 보던 날, 부장은 기획안을 들고 돌아서는 류을 향해 마지막 모임은 흥미롭다고 말했다.

"그건 살려."

류은 자리에 선 채로 부장이 건넨 기획안을 들춰보았다. 붉은색 사인펜으로 동그라미가 쳐진 단어들이 눈에 띄었고, 역사교과서와 고등학생들로 시작하는 문장에는 밑줄이 그어져 있었다.

"그리고, 류."

부장은 뒤돌아 서 있는 류을 불렀다.

"신문은 말이다, 일기장이 아니야."

부장의 말에 류이 돌아섰다.

"그게 문제죠. 신문에는 선과 악, 행복한 사람과 불행한 사람밖에 없잖아요."

감정이 실리지 않은 류의 말투 때문인지 사무실 안

사람들

의 누구도 두 사람의 대화에 주목하지 않았다. 류은 들춰보던 기획안을 손에 쥔 채 아무렇지도 않게 자리에 앉았다. 부장이 동그라미를 친 단어는 대부분 사람들의 직업이었다. 류의 기획안에는 수많은 직업들이 있었다. 환경미화원과 소방대원, 고물상과 노점상, 경비원과 상인들, 택배원과 열쇠수리공 그리고 퀵서비스 기사와 같은 하루에도 수없이 마주치는 많은 사람들의 직업이 줄을 이었다. 부장은 류이 볼 수 있도록 손이 가는 대로 크게 동그라미를 쳤다.

다음 날, 류은 기획안을 다시 제출했다. 이걸 쓰라는 거죠? 라고 묻지 않았고 부장도 류에게 가르쳐주지 않았다. 부장은 류을 믿었다. 그의 낭만을 믿었고 낭만이 열정만은 아닐 거라는 자신의 불안한 안목도 믿었다. 다시 작성한 기획안에는 여전히 사람들로 넘쳐났다. 류은 그 많은 사람들 중에서 외국인 노동자와 연변의 합창단, 시각 장애인의 하루와 부장이 살리라던 역사교과서 모임을 쓰고 싶다고 말했다.

류은 외국인 노동자를 시작으로 '사람들'을 연재했다. 외국인 노동자의 이름은 칸이었다. 칸은 인력시장에서 자신의 손을 덥석 잡은 사장을 따라 납땜을 하며 살아가는 노동자였다. 류은 이런 이야기를 실었다.

며칠째 똑같은 말이 들려왔다.

"돈이 필요해. 에첵이 죽을지도 몰라."

오래전부터 그 돈을 칸이 책임지고 있다. 하지만 당장에 보내줄 돈이 칸에게는 없다. 기다려, 라는 말 대신 칸은 창고 안의 모습을 전했다.

"넓어. 아주 넓어. 물론 내 방이 넓다는 건 아니야. 많아. 아주 많아. 물론 내 돈이 많다는 건 아니야."

부장이 원하는 건 이런 내용의 기사가 아니었다. 외국인 노동자의 외롭고 고된 업무와 그 이면에 있는 지극히 평범한 자부심으로 기사가 시작되어야 했다. 하지만 류은 그래야만 하는 범위를 지켜내지 못했다. 부장은 류이 쓴 많은 문장을 삭제했다. 기사의 중간중간 류은 외국인 노동자의 아침과 점심, 저녁을 보여주면서 사랑에 대한 은유를 펼쳤고 그가 은유를 위해 동원한 단어는 가난과 돈, 기다림과 외로움 같은 연민과 환멸을 닮은 흔해 빠진 단어들이었다. 부장의 붉은색 사인펜이 여러 군데에 흔적을 남겼다. 원고지 열여덟 장이 열두 장이 되었고, 삭제된 여섯 장을 대신해 사진들이 추가됐다. 다음 날 류은 자신의 기사를 꼼꼼히 읽었다. 글 반, 사진 반이라는 선배들의 말에 "늘 그렇잖아요."라고 대수롭지 않게 말했다.

그리고 며칠이 지났다. 류이 부장에게 먼저 다가
갔다.

"부장님, 이번 기사는 살려주세요."

그날 류의 목소리에는 심각하지 않은 평소의 말투
와 달리 심각하게 만드는 무언가가 있었다. 부장이
류을 올려다보자, 류이 웃으며 말했다.

"마지막 문장은 진실이거든요."

진실이라는 말에 부장의 입에서 헛웃음이 새어나왔
다. 다음 날에도, 그다음 날에도 류은 부장에게 마지
막 문장을 살려달라고 말했다.

"진실이에요."

외국인 노동자에 이은 류의 두 번째 '사람들'은 타
워크레인 위에서 농성 중인 인권단체였다. 류의 부탁
이 반복될 때마다 부장은 자신이 삭제한 지난주 기
사의 마지막 문장을 기억해내려 했다. 하지만 부장은
어떠한 문장도 떠올리지 못했다. 그래서였다. 부장은
인권단체를 다룬 류의 마지막 문장을 살려주었다.

**그녀는 "가장 아름다운 밤, 높이 60미터의 달에서
살아서 돌아가고 싶은 사람"이었다.**

사실 부장은 륜의 마지막 문장을 삭제하려 했다. 살려둘 필요가 없었다. 륜의 말대로 그가 말하는 진실이 마지막 문장에 있다면 륜이 말한 인권은 어디에도 존재하지 않았다. '아름다운'과 '밤'이라는 단어가 만나 '가장 아름다운 밤'이 되어버린 문장 속 어디에도 륜이 말하는 진실은 찾아볼 수 없었다. 이런 문장은 기획 기사의 취지와도 맞지 않았고, 가뜩이나 글과 사진이 따로 노는 판에 마지막 문장까지 거슬리게 할 수는 없었다. 하지만 부장은 륜의 마지막 문장을 살려주었다.

부장은 고개를 가로저었다. 륜이 세 번째 '사람들'인 연변의 합창단을 다룰 때도 그랬고, 륜을 대신해 마지막 '사람들'을 써야 하는 오늘도 마찬가지였다. 부장은 륜이 두려웠다. 륜을 향한 부장의 두려움을 사람들은 열정이라고 불렀다. 저맘때는 누구나 그래, 라는 말로 반은 인정하고 반은 무시하려 했지만 부장은 그럴 수가 없었다. 륜에게는 열정을 향한 집중이 있었다. 그의 집중을 무너뜨릴 수 있는 건 다른 곳으로 관심을 돌리는 거였다. 그날, 륜의 마지막 문장을 살린 것도 그런 이유였다. 터무니없는 문장으로 인해 그가 받게 될 비난을 륜이 경험하길 바랐다. 하지만

사람들

기사가 나간 후의 반응은 달랐다. 류은 많은 메일을 받았다고 했다. "공감 반, 응원이 그 반의 반, 나머지는 욕. 늘 있는 일이잖아요."

부장은 '사람들'이 찍힌 컴퓨터 화면을 가만히 응시했다. 그곳에 찍힌 '사람들'이 부장을 쳐다볼 뿐 부장이 써야 하는 사람들도, 사람들을 썼던 류도 없었다. 부장의 시선이 모니터에서 류의 자리로 옮겨갔다. 류, 하고 부르면 류의 옆모습과 앞모습의 중간을 보여주던 회전의자가 책상 안으로 깊숙이 들어가 있었다. 그 자리에 류이 있었다면 일찌감치 원고를 넘기고 시청으로, 구청으로, 경찰서로, 검찰청으로 향하는 선배들을 붙잡고 심각하지 않은 말투로 심각해지는 이야기를 건넸을 것이다.

"선배, 전요. 신문이 때로는 백지였으면 좋겠어요. 헤드라인만 뽑고 나머지는 백지로 내보내는 거예요."

류의 말에 누군가는 발길을 멈추고 류을 향해 돌아보았다. 그게 누구든 류은 계속해서 말을 이었다.

"각자 써 나가는 거죠."

각자라는 말에 류과 눈이 마주친 선배는 대수롭지 않게 대꾸했다.

"그게 신문이면, 그럼 우린 뭘 먹고 사냐. 그리

고……."

선배들은 점점 심각해지는 류의 눈빛에 말 대신 웃음으로 얼버무렸고, 류은 기다렸다는 듯이 말을 이었다.

"아! 진실이요? 그건 역사처럼 시간이 필요한 거예요. 그러니까 최소한 하루라도 독자들한테 시간을 주는 거죠. 이게 제가 꿈꾸는 신문이에요."

이런 모습이 평상시의 류이었다면, 그래 너는 꿈만 꿔라, 라는 말을 품고 사는 게 부장이었다. 때로 부장은 진심으로 류이 꿈만 꾸기를 바랐다. 그의 꿈이 현실로 이뤄진다면 그런 현실을 넘어서야 하는 또 다른 꿈이 필요할 터였다. 부장이 류을 두려워한 것도 같은 이유였다. 류의 열정은 단순하지 않았다. 열정은 끓는 냄비의 솥뚜껑 같은 거야. 누군가 불을 끄면 솥뚜껑이 잦아들겠지. 하지만 녀석은 솥뚜껑을 들썩이지 않고 끓이는 방법을 알고 있어. 류은 그 안에 뭐가 들었든 끓을 때까지는 절대로 한눈을 팔지 않는다구. 이 또한 부장이 말하지 못하고 품고만 있는 류에 대한 생각이었다.

류이 사람들 눈에 들어오기 시작한 건 일기예보에 딸린 생활 정보란에 글을 쓰기 시작한 후 부터였다. 상식을 넘긴 생활 정보는 시사가 되고, 시사가 두어

사람들

줄의 시가 되어가는 반 년 동안 류에게는 고정 팬들이 생겨났다. 류이 쓴 기사의 분량은 100자 정도였다. 육 개월 동안 매일 써나간 100자는 누구도 대신할 수 없었다. 그게 문제였다. 류의 뒤를 이은 기자는 그전의 선배들처럼 단순한 생활 정보를 실었다. 자외선 차단제를 고르는 방법과 습기를 줄이는 지혜, 우산을 말려야 하는 중요성과 고무장화로 인한 피부병 등 봄이 가고 여름이 오면 필요한 정보들을 나열했다. 그동안 류에게 길들여진 사람들은 류이라면 어떻게 썼을까를 생각하며 그를 그리워했고, 또 다른 사람들은 류의 글보다는 어디서나 볼 수 있는 상식이기에 여기서도 봐야 한다며 예전으로 돌아온 글을 반겼다. 그리고 사람들은 그런 류을 부장과 비교했다.

"너 신입 때 보는 거 같다."

취재기자에서 벗어나 데스크로, 사설로, 옮겨 앉은 부장의 선배들이 말했다.

"너도 그랬어. 어깨에 잔뜩 힘 들어간 기사를 쓰고 나선, 제 기사는 그냥 기사가 아니에요. 그건, 그건, 사랑이에요."

그리고는 눈시울을 붉히며 울먹였다고 부장을 놀려댔다.

"잘 봐. 너랑 똑같아."

정오가 가까워지자 부장의 등 뒤로 햇빛이 몰려들었다. 부장은 자리에서 일어나 블라인드를 내렸다. 미끄러지듯 내려오는 블라인드가 그늘을 만들어냈다. '사람들'이 컴퓨터 화면 위로 도드라졌다. 바깥의 빛이 강하게 들어올수록 부장은 컴퓨터 화면을 어둡게 조절하거나 블라인드를 창틀 끝까지 내려놓았다. 빛 속에서 드러나는 건 빛이 아니라 어둠이었다. 블라인드를 내린 부장은 신고 있는 슬리퍼를 벗고 의자 옆에 놓아둔 구두로 갈아 신었다. 부장이 자리에서 일어나자 서 있던 직원들이 제자리로 돌아갔다. 언제부터인가 부장은 그런 존재였다. 부장의 시선은 길게 휘두른 채찍 같아서 부장과 눈이 마주치면 왠지 모르게 따끔거리는 불쾌감이 있었다. 부장이 앉은 자리는 류의 자리였다. 부장은 꺼져 있는 류의 컴퓨터를 켰다. 화면이 밝아지고 여러 개의 폴더가 바탕화면에 자리 잡는 동안 직원들의 시선이 부장을 향했다. 자료 때문에, 라는 부장의 말에도 직원들은 부장을 쳐다보았다. 부장이 의자를 당겨 앉거나 어깨를 으쓱할 때도 마찬가지였다.

부장이 류의 전화를 받은 건 오늘 새벽이었다. 부장은 어, 라는 짧은 말로 류의 전화를 받았다. 부장의 태연함과 달리 륜의 목소리는 불안했다.

"부장님, 저 니가타에 보내주세요."

륜은 다음에 이어질 부장의 말을 기다리지 않았다.

"만날 사람이 있어요."

야! 갑자기 일본은…, 이라는 부장의 말과 저는 시모토리를 만나야 해요, 라는 륜의 말이 뒤섞였다. 그리고 둘은 잠시 침묵했다. 부장은 먼저 입을 떼지 못했다. 시모토리는 죽은 사람이었다. '강제전향 장기수'로 출소한 뒤 '사람들' 기사가 나가기 직전에 죽었다고 륜이 말했다. 인권단체를 다룬 '사람들'에서는 그들의 인권 문제도 고민해봐야 한다며 그의 근황과 일본식 이름을 짧게 소개했다. 먼저 침묵을 깬 건 륜이었다.

"저는 시모토리를 만나야 해요."

복잡한 머릿속과 달리 부장의 입에서는 "죽었잖아. 그 사람"이라는 말이 툭 튀어나왔다. 륜은 네, 라고 말했고 그래서 가야만 한다고 덧붙였다.

"오늘 첫 비행기를 탈 거예요. 그리고 연재는…."

"내가 알아서 할게."

부장은 처음 륜의 전화를 받았을 때처럼 침착한 목소리로 말했다. 륜이 네, 라고 했던가? 전화를 끊은 부장은 륜의 마지막 대답이 네, 였는지 아니면 침묵이었는지를 기억해내려 했다. 하지만 륜의 목소리도 얼굴도 떠오르지 않았다. 륜은 분명 떨고 있었다. 학생들한테 메일을 받았어요. 지역 신문에 작게 났다고 하는데, 시모토리가 분명해요. 두서없는 말이 끝나고 나면 륜은 어김없이 '저는 시모토리를 만나야 해요.'라고 말했다. 부장은 륜이 말한 모든 말을 기억해내려 했다. 하지만 그럴수록 떨고 있는 륜의 목소리 위로 자신의 목소리가 겹쳐지려 했다.

한때, 그러니까 부장이 륜과 닮았다던 시절, 부장은 '오늘의 소사'를 문학과 연결한 기사를 연재했다. 육개월이라는 기간도 기간이지만 매일 써야 하는 기사였기에 무엇보다 책임감이 중요했다. 돌고 돌아, 돌아온 적임자가 젊은 시절의 부장이었다. 부장은 2월 11일을 시작으로 과거로 돌아가 '넬슨 만델라'와 '나딘 고디머'에 관한 이야기를 썼다.

1990년 2월 11일.

삼십 년 가까이 투옥됐던 만델라가 감옥을 나서며 말했다. "나는 나딘을 만나야 합니다"라는 문장으로 부장은 연재를 시작했다. 생각보다 반응이 좋았다. 책도 인물도 사건도 사고도 모두 다룰 수 있다는 취지하에 문학을 선택한 부장의 의도가 빛을 발했다. 기사가 나가고 부장은 많은 메일을 받았다. 고마움 반, 격려가 그 반의 반, 그리고 의미 없는 욕이 그 반의 반.

부장은 날이 밝을 때까지 자신이 연재했던 글들을 떠올렸다. 하지만 금방이라도 터져 나올 것 같던 기억들 속에 류이 유령처럼 앉아 있었다. 다음 날, 평소보다 일찍 사무실에 도착한 부장은 류의 출장을 알렸다. 갑자기? 어디로요? 출장이요? 라는 말들이 부장을 향해 쏟아졌다.

"출장은 내가 간 게 아니라 류이 갔어. 질문은 류한테 하라고."

부장은 양복 재킷을 옷걸이에 걸며 말했다. 누군가는 류에게 전화를 걸었고, 누군가는 류의 책상에서 서류를 꺼냈다. 편집부장은 배면표의 순서에 류의 연재 기사를 끝에서 여덟 번째에 넣었다. 마감 시간이 정해지는 순간이었다. 오후 3시 30분. 타이핑된 배면표에 마감 시간이 기록됐다. 오전에 검토할 기사가 없더라도 수준 미달의 기사를 골라내는 시간을 염두에 둔다면 부장은 류의 기사를 오전에 마무리 지어야 했다. 류은 모든 자료가 컴퓨터 파일 안에 있다고 했다. 비밀번호는 없어요. 따로 보관한 자료도 없구요. 학생들이랑 메일로 주고받은 인터뷰 자료가 전부예요. 서둘러 전화를 끊으려는 류에게 부장이 물었다.

사진은? 류은 없어요, 라고 대답했다. 이번 글이 사건 사고는 아니잖아요.

부장이 아는 한 류은 사진보다 글을 선호했다. 사진도 기록이야. 사진 없이 어떻게 내보내라는 거야. 부장은 그 새벽에도 류을 가르치려 들었다. 그건…. 류은 니가타에 가지 않았다면 이렇게 했을 거라는 자신의 계획을 말했다. 역사교과서와 관련된 사진을 실어야겠죠. 아이들이 역사교과서를 만드는 거니까. 그와 비교할 수 있는 다른 교과서를 박스로 만들어 넣는 거예요. 아, 그건 최 선배가 잘해요. 또…, 모자라면 학교에 등교하는 학생들 사진도 넣죠. 류의 말이 끝나자 부장은 어이없는 웃음소리와 함께 말은 좋다, 라고 말했다. 류이 따라서 웃었다. 사진은 학생들이 싫다고 했어요. 자칫 사진이 침묵을 대신한다고.

류의 책상 위는 깨끗하지 않았다. 손때 묻은 수화기와 먼지 긴 컴퓨터 자판. 볼펜 두 자루와 연필 한 자루, 분홍색 형광펜 하나가 꽂힌 연필꽂이. 그 옆으로 류의 입김에 흩어졌을 지우개 가루는 급하게 사무실을 빠져나간 류의 모습을 떠올리게 했다. 부장은 지우개 가루를 한곳으로 모아 책상 밑으로 쓸어내렸다. 마저 쓸리지 못한 지우개 가루는 입김으로 불어냈다. 부장의 입김 소리가 거듭되자 직원들의 시선이 다시 부장을 향했다. 부장은 소리를 멈추고 류의 의자를 당겨 앉았다. 회전의자가 제멋대로 방향을 틀었다. 부장의 시선이 창가에 있는 자신의 자리로 향했다. 창을 덮은 블라인드와 재킷이 걸린 옷걸이, 먼지가 쌓였을 모니터의 뒷모습과 책상 위에 올려놓은 서류들이 낯설게 느껴졌다.

회전의자의 방향을 돌린 부장은 류의 컴퓨터 바탕화면에 깔린 폴더를 응시했다. '사람들'이라고 적힌 폴더가 눈에 들어왔다. 부장은 마우스를 잡아 '사람들' 안으로 들어갔다. 수많은 사람들이 '사람들' 안에 존재했다. 화면 가득 들어찬 사람들 중에서 부장은 류의 기획안에서 본 사람들을 한눈에 알아보았다. 다세대 주택 앞을 청소하는 환경미화원을 알았고, 그들의 리어카에 실린 죽은 고양이를 알았다. 그 밑으로 연변의 한 마을에서 아리랑을 부르는 소년을 알았다. 소년은 피의 전설이 담긴 눈 덮인 마을에 살았다. 여느 조선족처럼 소년의 부모도 돈을 벌기 위해 한국행 밀입국을 선택했고, 소년은 부모를 찾기 위해 아리랑을 부르는 단 한 사람이 되었다. 부장은 연변의 합창단 기사가 나가기 전, 류의 원고에서 소년의 소원을 삭제했다. 이유는 단순했다. 류의 마지막 문장도 아니었고, 무조건 돈을 많이 벌어야 한다는 소년의 소원은 흑백 사진 속에서나 존재하는 지루한 여담이었다. 그날 부장이 살려준 류의 마지막 문장은 **"이제 그만하면 됐다"**였다.

류의 파일 속에는 또 다른 파일들이 숨어 있었다. 폴더 속에 또 다른 폴더를 만들어 시련에 따른 직업을 세세하게 정리했다. 부장은 잘 정돈된 파일을 보자, 류이 무리를 모아 회식 자리를 이끌던 날을 떠올렸다. 그날의 화제는 부장이 쓴 칼럼이었다. 부장은 '유명 작가의 광고와 경제'라는 제목으로 글을 실었다. 유명 작가의 문학적 성과와 그가 가져다주는 경제효과를 비교한 부장은 부정적인 견해를 내비쳤다. 작가의 탁월한 비유와 묘사가 독자들을 흔들어 침체된 경제에 도움은 되겠지만, 이점을 부각해 모든 문학에 이를 요구하는 건 옳지 않다고 썼다. 부장과 저녁식사를 같이 한 직원들 내에서도 의견이 분분했다. 여기에 식당 안의 열기가 더해져 직원들의 얼굴은 다른 손님들보다 벌겋게 상기되어 보였다. 식당을 나와 술집으로 가는 동안에도 부장의 칼럼은 화제가 됐다. 줄곧 말이 없던 부장은 술집에 도착한 후에도 아무런 말을 하지 않았다. 부장은 누구의 적도 되고 싶지 않

사람들

왔다. 작가든 정치인이든, 침체된 경제를 흔들어 준다면 좋은 일이었고, '그래도 문학인데'라는 문학의 자존심을 지켜야 한다면 이 또한 그 사람의 소신이라고 생각했다.

글 밖으로 나온 부장은 글 속에서의 부장과 달랐다. 부장은 늘 침묵했다. 물방울이 맺힌 맥주잔의 습기를 닦아내거나 누군가와 눈이 마주치면 어색하게 웃어줄 뿐이었다. 그러다 잘나가는 작가의 이름이 거론되고 그와 관련된 책의 제목이 불거지면 목소리를 낮추라며 소리를 높였다. 순간 어색한 침묵이 흘렀다. 그럴 때마다 화제를 바꾼 건 류이었다. 류은 다행인지 불행인지 그 유명하다는 작가의 글 중에서 기억에 남는 문장이, 단 하나도, 없다고 말했다. 하지만 상황은 기억에 남아요. 그건 그의 글이 특별해서가 아니라 보편적이라는 거죠. 평범하다는 거예요. 저는 그 평범함을 뛰어넘는 게 문장이라고 생각해요. 그래서, 류의 결론은 그는 그저 소설가라는 것이었다. 부장은 류의 호기가 부러웠다. 삼십 분 가까이 술잔을 들지 않던 부장이 잔을 들었다. 거품이 사라진 맥주처럼 부장의 표정은 무미건조했다. 잔을 든 부장은 그동안의 침묵을 깨기 시작했다. 부장은 우선 가장 기억에 남는 문장을 하나씩 말해보자고 권했다.

"술에 덜 취한, 아니면 술에 취한 사람부터."

부장은 혼자 말하고 혼자 웃었다.

"많이는 필요 없고 딱 하나씩만."

애써 분위기를 띄우려는 부장의 노력과 달리 사람들은 웃지 않았다. 이번에도 분위기를 바꾼 건 륜이었다.

"아, 선배들. 쉽게 생각해요. 기억에 남는다면 가장 좋은 것일 수도, 가장 나쁜 것일 수도 있잖아요. 그러니까 우리 모두 아무거나!"

륜은 어디서도 주눅이 들지 않았다. 두서없는 직원들의 말이 이어졌다. 문장 대신 시를 읊거나, 시 대신 유행가의 가사를 읊조렸다. 누군가는 자신이 쓴 연애편지의 문장을, 또 다른 누군가는 부모님이 보내온 편지의 한 구절을 말해주었다. 이제 륜이 말할 차례였다.

그 전에 부장이 지금까지 나온 문장을 한마디로 정리했다.

"그러니까, 모두가 사랑이에요."

드디어 직원들이 웃었다.

그리고, 륜이 말했다.

"가난보다 추할까."

부장은 류의 파일 중 '기획안'이라고 쓰인 파일을 클릭했다. 화면 가득 '시련을 당한 사람들'이 눈에 들어왔다. 탄생과 죽음, 만남과 헤어짐, 사랑과 증오, 연민과 환멸 따위의 단어들이 눈에 띄었다. 류은 이들의 감정을 '사람에 의한 시련'으로 분류했다. 처음 기획안에서 본 환경미화원, 농기구상, 독거노인, 경비원, 퀵 서비스 배달 기사들이 눈에 띄었고 그 외에도 많은 사람들이 있었다. 반면 '외부 충격에 의한 시련'은 딱히 이거다, 라고 구분 지을 수 없었다. 기억과 망각, 부와 가난, 과거와 현재, 전쟁과 평화 같은 분류만 있을 뿐 구체적인 사람들은 나열되지 않았다. 기사를 통해 본 인권단체는 그렇다 치고 장애인과 퇴역 군인, 다이어트 중인 사람들을 외부 충격에 의한 시련으로 구분한 내용은 납득이 되지 않았다. 부장의 시선이 맨 밑에 적힌 '과거를 잊어버린 사람들'에서 멈췄다.

"과거를 잊어버린 사람들은 '사람에 의한 시련'과 함께 '외부 충격에 의한 시련'을 모두 가할 수 있다."

그리고 마지막 문장은 "그래서, 모든 시련은 여기서부터 출발한다"였다. 부장은 파일을 닫았다. 류이 있

었다면 기획안을 처음 읽던 날처럼 '미친놈'이라는 말
을 참아가며 류의 이름을 불렀을 것이다. 그날도 그
랬다. 가장 싫어하는 문장이 '가난보다 추할까'였다
는 류은 다른 사람들보다 많은 술을 마셨다. 누군가
와 눈이 마주치면 그게요. 선배, 라는 말로 운을 뗐지
만, 가게를 가득 메운 음악 소리와 사람들의 소리에
류의 말은 묻히기 일쑤였다. 부장이 류의 말을 정확
히 들은 건 술집을 나서는 순간이었다. 류이 부장의
팔을 붙잡았다.

"그게요. 선배."

술에 취한 류은 부장을 선배라고 불렀다. 부장과
류이 멈춰 섰고, 그 앞으로 직원들이 비틀거리며 걸어
갔다. 류은 부장의 팔을 더욱 세게 잡았다. 그날 이후
로 그 작가의 글은 읽지 않아요. 선배도 알잖아요. 세
상에 추한 게 얼마나 많은지. 그런데 온갖 추한 것들
다음에 가난을, 굶주림을, 나열하더니 그 작가, 이렇
게 썼어요. 가난보다 추할까. 그런데 저도 모르게 고
개를 끄덕였어요. 선배, 가난은 추하지 않아요. 가난
보다 추한 건요. 세상에서 가장 추한 건, 그건….

그날, 부장은 류의 손을 뿌리쳤다.

서둘러 화면을 닫은 부장은 '역사교과서'라고 적힌

사람들

파일을 열었다. 류의 말대로 학생들과 주고받은 메일을 시작으로 인터뷰한 자료가 순서대로 정리되어 있었다.

류과 학생들의 만남은 작년부터였다. 날짜가 아닌 파일 안의 첫 문장만 보고도 알 수 있었다.

인간의 본능, 자유, 노동의 열망, 자본주의, 노예, 그리고 백수의 향연.

류이 마지막으로 알려준 생활 정보가 제목이 되어 정리된 파일이었다. 류의 기사를 보며 마음에 드는 단어를 옮겨 적었다는 학생의 메일도 고스란히 저장됐다. 그렇게 시작된 만남인 듯했다. 역사교과서와 관련된 내용은 연재를 앞두고 두 달 정도 주고받은 듯 보였다. 부장은 인터뷰한 녹취록을 프린트했다. 모두 여섯 장의 종이가 출력됐다. 류이 학생들에게 보낸 질문은 색다르지 않았다. 부장은 류의 연필꽂이에서 분홍색 형광펜을 꺼냈다. 우선은 모임을 만들게 된 계기와 온라인에서만 활동하는 이유, 모임의 인원에 밑줄을 그었다. 특별히 눈에 띄는 건 학생들 모두 외국어에 능통하다는 것과 실명 대신 '일, 이, 삼, 사'로 가입 순서가 곧 필명이 되는 방식이었다. 외국어에 능통한 이유는 모임의 계기와 관련이 깊어 보였다.

"진실이 알고 싶었어요. 우리가 알고 있는 우리나라와 다른 나라에서 알고 있는 우리나라. 그걸 서로에게 말해줄 수 있어야 해요. 우린 매일 다른 나라의 뉴스를 검색해요. 인터넷 상에서 각 나라의 신문과 마을신문, 물론 주간지 같은 것도 읽죠."

부장은 이 부분도 삭제했다. 다음 페이지를 넘겼다. 다음, 다음 페이지를 넘겼다. 그리고 그다음 페이지를 넘겼다. 페이지를 넘길수록 부장은 많은 문장을 삭제했다.

"저항이요?"

학생들이 류에게 반문한 내용이었다.

"아니면 그냥 심심풀이."

류이 다시 물었다.

"퍼즐을 맞춘다고 생각하면 돼요. 대신 한 번도 완성된 걸 본 적이 없는 퍼즐을 맞추는 거죠. 우리가 지금 그런 상황에 있다고 생각하거든요. 비슷해 보이니까 무조건 끼워 넣는 거죠. 맞을 거라 생각하면서요."

"하지만 틀리다 이건가?"

류의 질문은 계속 됐다.

"그거야 모르죠. 우린 역사 왜곡에 저항하는 게 아니에요. 단지 침묵했던, 침묵하는 사람들을 찾아내고

사람들

있을 뿐이에요."

부장은 이 부분도 삭제했다. 그리고 이어지는 침묵하는 사람들도 삭제했다.

"처음부터 침묵하는 사람은 없었어요. 침묵하는 사람들의 공통점을 발견했는데요. 그건, 그들이 과거를 잊어버렸다는 거예요. 그게 침묵할 수밖에 없는 계기가 됐구요. 침묵하는 사람들을 찾다 보면, 그들이 잊으려 한 과거도 역사도 진실도 그리고 그들의 과오도 모두 찾게 될 거라고 믿어요."

"침묵이 왜 나쁘지?"

"침묵은……, 침묵은 자칫 진실처럼 보이니까요."

부장은 이 부분도 삭제했다. 그리고 앞으로의 계획 또한 삭제했다.

"계획이라, 어려운데…. 아무것도 지향하지 않으려구요. 무언가를 지향하면 침묵하는 사람이 되지 말아야 하는데 그게 쉬운 일이 아니잖아요. 그냥… 지금처럼, 찾고 싶어요."

그리고 맨 밑에 일본어와 이를 번역한 짧은 글이 적혀 있었다.

火災が起きた新潟港の6番 GATE. な噂が広がったのは当時現場監督の目撃談が伝わる後だった. 彼

はGATEの中で黄色いヘルメットを かぶった下鳥と いろんな話を交わしたそうだ. "北朝鮮、いや南韓、 いずれにしても彼は我が国の人ではありませんでし た."彼が老人に会った日にちはただ二日、しかし埠 頭内で老人を見かけた人は一人もなかったと埠頭関 係者は伝えた.

화재가 난 니가타항의 6번 게이트. 괴소문이 퍼진 건 당시 현장 감독의 목격담이 전해지고 나서였다. 그 는 게이트 안에서 노란색 안전모를 쓴 시모토리와 많 은 이야기를 나눴다고 한다. "북한, 아니 남한. 어쨌 든 그는 우리나라 사람이 아니었어요." 그가 시모토리 를 만난 날은 단 이틀. 하지만 부두 내의 누구도 시모 토리를 본 사람이 없다고 부두 관계자는 전했다.

류이 말한 시모토리에 관한 정보였다. 학생들이 찾 아낸 기사의 한 부분이라는 설명과 조총련, 북한이라 는 검색어로 찾았다는 메모도 달려 있었다.

시모토리는 죽었다. 이게 진실이었다. 진실을 알고 도 부장은 류의 출장을 허락했다. 저는 시모토리를 만나야 해요. 부장은 류의 말을 믿지 않았다. 하지만 류이 시모토리를 만나 인터뷰를 하고 그의 사진을 찍 어 오는 상상을 했다. 오래전, 부장이 감옥에서 나온 넬슨 만델라가 나딘 고디머와 만나는 상상을 하며 글을 썼듯이 그렇게 륜을 그려보았다. 한 번도 보지 못한 그림, 그래서 영원히 그릴 수 없는 그림을 륜은 그리고 있었다.

부장은 출력한 자료를 한 손에 쥔 채 열려 있는 파일을 모두 닫았다. 부장이 륜의 자리에서 일어난 시각은 오전 11시를 조금 넘긴 시간이었다. 자리로 돌아온 부장은 블라인드를 걷어냈다. 블라인드 소리에 직원들이 부장을 쳐다보았다. 부장은 사람들의 시선을 개의치 않았다. 의자에 앉아 구두를 벗고 슬리퍼로 갈아 신은 다음, 손에 들린 륜의 자료를 모두 쓰레기통에 던져 넣었다. 의자 안쪽으로 엉덩이를 깊숙이 집어넣고 허리를 꼿꼿하게 세웠다. 그리고 옆으로 밀려나 있던 배면표를 끌어와 밑에서 여덟 번째에 적힌 '사람들'을 붉은색 사인펜으로 삭제했다.

부장은 휴대폰을 들어 륜에게 전화를 걸었다. 벨이 울리고 상기된 륜의 목소리가 들렸다.

"부장님!"

"……."

부장은 륜의 목소리가 들리자 전화를 끊었다.

륜이 사라졌다.

그 순간, 부장은 떠오르지 않던 륜의 얼굴을 또렷

이 기억해냈다. 쌍꺼풀이 없는 눈과 이마를 반쯤 덮은 머리칼, 회전의자에 비스듬히 앉은 채 자신을 향해 웃던 얼굴. 부장의 머릿속에 존재하는 류은 늘 자신을 보며 그렇게 웃고 있었다. 부장은 언제나처럼 류을 향해 웃어주지 않았다. 대신 부장의 컴퓨터 화면 위로 '〈사고〉 D 1/3 연재를 마치며'가 찍혔다.

다음 날 신문에는 네 번째 '사람들'이 아닌 '**사고, 연재를 마치며**'가 실렸고, 그날 부장이 류을 대신해 쓴 마지막 문장은 "**류이 말하고 내가 씀**"이었다.

얼후

눈이 그치자 인락은 기다렸다는 듯이 양춘의 등을
떠밀었다.

"가서 걷고 와라."

어디로? 라고 묻지 않아도 양춘은 그곳이 옥수수
밭이라는 것을 알았다. 못 이기는 척 자리에서 일어
났지만 오후 내내 인락과 보낼 무료한 시간을 생각하
면 그렇게 싫은 것도 아니었다. 양춘은 양말과 장갑,
모자와 외투를 챙겨 입고 집을 나섰다. 첫 발을 내딛
자 푹, 하는 소리와 함께 양춘의 발이 눈 속에 파묻
혔다. 새벽부터 퍼붓고 그치길 반복한 눈은 반나절이
지나지 않아 온 동네를 하얗게 덮어버렸다. 밖으로
나온 양춘은 눈 속에 파묻힌 발걸음을 뗄 때마다 발
길질을 해댔다.

툭 툭 툭.

소리 없이 허물어지는 눈과 달리 양춘의 거친 발길질이 소리를 냈다.

　-온갖 것은 다 덮으면서.

툭 툭 툭.

　-이 마음 하나 덮지 못하고.

이리저리 밀려난 눈이 흩어지면서 땅바닥을 드러냈다. 겨우내 얼다가 녹기를 반복한 땅 위로 작은 골이 파여 있다. 양춘은 제 마음을 들킨 듯 서둘러 다시 덮었다. 대문을 나서자 눈 위로 사람들의 발자국이 소란스럽게 찍혀 있다. 이쪽으로 난 발자국을 따라가면 옥수수 밭일 것이고, 저쪽으로 난 발자국을 따라가면 몇 시간 전에 헤어진 김 단장의 집이 나올 것이다. 양춘은 김 단장의 집 쪽으로 난 발자국을 길게 바라보았다. 이 길로 김 단장에게 달려가 공연과 관련된 소문을 묻고 싶었지만 어차피 양춘이 듣고 싶은 대답은 하나였다. 그러니 물을 이유도, 들을 필요도 없었다. 이 마을의 전설은 피란 말입니다. 피, 라고 말하던 김 단장의 목소리를 듣지 않았다면 달라졌을지도 모른다. 양춘은 공연에 대한 불안을 품은 채 옥수수 밭으로 향했다. 양춘의 입에서 저도 모르게 김 단장이 전화를 끊으면서 내뱉은 말이 튀어나왔다.

이 마을의 전설은 피란 말입니다. 피.

피, 라는 단어에 힘을 주자 붉은 피가 하얀 눈 위로 떨어지는 것 같았다. 깊숙이 쌓인 눈 위로 피가 스며들고 이내 땅속으로 빠져드는 상상을 하자 인락의 말처럼 이 땅에 피와 땀이 섞여 있는 것 같았다. 양춘은 걸음을 빨리하며 피라는 말 대신 오전에 연습한 연변 아리랑을 떠올렸다.

봄이 왔으면, 봄이 왔으면, 따뜻한 봄이 왔으면.
제비가 왔으면, 제비가 왔으면.

흥얼거리는 양춘의 목소리가 작아지자 양춘의 신발 위로 송이가 큰 눈이 떨어졌다. 양춘은 걸음을 멈추고 하늘을 올려다보았다. 젠장, 또 눈이 내릴 모양이었다. 양춘은 콧잔등에 떨어진 눈을 닦아내며 눈에 덮인 옥수수 밭을 바라보았다. 허허벌판이 아닌 허허 눈밭이 되어 하염없이 내리는 눈을 맞고 있었다. 양춘이 한숨을 쉬자 하얀 입김이 양춘의 얼굴을 감쌌다. 이 마을의 전설은 피가 아닌 저 옥수수 밭을 덮고 있는 눈이란 말입니다, 라고 김 단장이 옆에 있다면 말해주고 싶었다. 지겹게 눈이 내리고 나야 겨울이 지나고 봄이 온다는 걸 김 단장이 모르지 않았다. 그런 김 단장이 피, 라는 말을 반복하며 전화를 끊었을 때 양춘은 소문처럼 일주일 뒤에 있을 공연이 잘못되어 간다는 걸 느낄 수 있었다. 마을 사람 중 누군가 '아리랑'이 문제라고 하자, 다른 누군가는 '연변 아리랑'이 문제라 했고, 아리랑이, 연변이 문제라면 처음부터 초대할 마음이 없었던 게 아니냐고 말하는 사람들도 생겨났다.

  -그렇게 되면….

  양춘은 고개를 가로저었다. 이번 공연을 위해 양춘과 김 단장은 일 년 동안 연습을 했다. 김 단장이 얼후를 연주하면 양춘이 그에 맞춰 아리랑을 불렀다. 김 단장은 양춘과 함께할 공연을 두고 게스트라고 했다.

  "말 그대로 손님인 거야. 서울에서 아리랑 공연을 하는데 우리가 손님으로 가는 거지."

  양춘은 고개를 까닥거리며 박자를 세어보았다.

  하나, 둘, 셋.

  양춘이 셋을 세어 숨을 고르면 김 단장이 얼후의 화살로 양춘을 가리켰다.

  "배에 힘을 주고 천천히, 한 박자 한 박자 정확하게, 하지만 부드럽게…."

  김 단장의 긴장된 목소리에 양춘이 어깨를 쫙 펼치면 마을 사람들은 양춘의 노래와 김 단장의 얼후 연

얼후

주에 귀를 기울였다. 연습은 늦은 시간까지 계속됐다. 해가 기울어 가로등이 켜지고 지팡이를 짚은 인락이 마을 회관 문을 열었다.

"이제 그만 하면 됐다."

지팡이에 의지한 인락이 박수를 치면 하루의 연습이 마무리되었다.

-이 공연이 무산된다면.

양춘은 그럴 리가 없다고 스스로를 다독였다. 더욱이 아직 김 단장은 아무런 말도 하지 않았다. 그러니 일주일 뒤에 비행기를 타고 한국에 간다는 걸 의심할 필요는 없었다. 양춘이 노래를 부르듯 꼿꼿이 등을 펴자, 눈송이가 더욱 굵어졌다.

-하필 이럴 때.

새불이 마을의 눈은 한 번 내리기 시작하면 일주일도 열흘도 좋았다. 가뜩이나 공연 때문에 불안한 마음이 눈발에 휘말려 자신을 덮칠 것 같았다. 거세진 눈발이 양춘의 시야를 가렸다. 양춘의 어깨가 인락의 어깨처럼 굽어졌다.

-염병할 새불이.

양춘은 마을 어른들처럼 자신이 살고 있는 마을에 대고 화풀이를 해댔다. 돈을 벌기 위해 마을을 떠난 사람들은 '염병할 새불이'와 '염병할 연변'을 입에 달고 살았다. 마을을 떠나기 전, 염병에 걸린 것이 새불이였다면 몇 년 만에 마을로 돌아온 사람들은 염병이 연변 전체로 퍼져나간 듯 연변을 떠났다. 한때 양춘도 자신의 부모처럼 인락을 벗어나 이 마을을 떠나고 싶었다. 염병할 새불이도, 염병할 연변도 아닌 양춘은 인락의 등 뒤에서 염병할 로우런을 중얼거렸다. 로우런? 인락은 투덜대는 양춘의 뒤통수를 후려쳤다.

"버르장머리 없는 자식. 하나밖에 없는 손자새끼가 할애비한테 로우런!"

양춘은 목소리를 높이며 쫓아오는 인락을 피해 옥수숫대 사이로 몸을 숨겼다. 인락은 양춘이 숨어 있는 옥수수 밭을 헤집고 들어갔다. 양춘은 더 높이, 더 높이, 산을 오르듯 옥수수 밭을 올랐다. 그때만 해도 인락은 힘이 좋았다. 겨우 자루 하나를 질질 끌고 다니는 어린 양춘과 달리 인락은 툭 불거진 힘줄을 내보이며 한 손에는 옥수수자루를 다른 한 손에는 도망치는 양춘의 등덜미를 잡아끌고 다녔다.

"봤지. 이래도 내가 로우런이네? 내가 아직 노인네는 아니란 말이지."

인락은 양춘의 헝클어진 머리를 넘겨주며 앞니가 빠진 잇몸을 드러내며 웃었다. 그랬던 인락이 몇 년

후 정말 염병할 로우런이 되었다. 그날도 오늘처럼 많은 눈이 내렸다. 양춘은 옥수수 밭에서 굴러 떨어진 인락을 내려다보았다.

-할아버지.

인락의 몸은 여기저기가 찢겨나간 옥수수자루 같았다. 양춘은 서둘러 인락을 업었다. 인락은 마을 사람들의 예상과 달리 두 달을 누워 있었다. 삼사일 누워 있으면 나을 거야. 그래도 나이가 있는데 일주일은 쉬어야지. 그렇게 시작된 인락의 병중은 일주일에서 열흘, 열흘에서 보름, 보름에서 한 달을 넘겨 두 달을 채웠다. 그리고, 봄이 왔다. 인락은 봄을 기다린 사람처럼 봄이 오고 나서야 자리에서 일어났다. 화장실에서 부엌으로. 부엌에서 양춘의 방으로. 조금씩 벽을 짚고 움직이기 시작한 인락은 양춘의 방문을 열자마자 버럭 소리를 질렀다. 인락의 목소리가 좁은 방 안에 쩌렁쩌렁 울렸다. 양춘은 인락의 얼굴을 올려다보았다.

-이제 다 나은 거지?

양춘은 자신을 호령하는 인락의 목소리에 마음을 놓았다.

봄이 오자 인락은 지팡이를 짚고 옥수수 밭에 올랐다. 씨를 뿌리고 옥수수가 자라길 지켜보려 했지만 지팡이에 의지한 인락이 씨를 뿌리고 옥수수를 따기란 쉬운 일이 아니었다. 양춘이 인락을 대신해 밭에 오른 것도 이때부터였다. 인락이 지팡이로 이곳저곳을 가리키면 양춘이 씨를 뿌리고 거름을 주었다. 양춘의 땀이 옥수수 밭에 떨어졌다. 옥수숫대가 양춘의 키를 훌쩍 넘기고 옥수수 잎이 양춘의 시야를 가렸다. 비에, 바람에, 옥수수 잎이 흔들렸다.

투둑 투둑 투둑.

비를 먹은 옥수수 잎이 소리를 내자 인락은 창문을 열고 우두커니가 되었다. 곧이어 바람이 쏴아, 하고 옥수수 잎을 쓸고 갔다. 인락은 제 앞까지 바람이 불어온 듯 하얗게 센 머리칼을 쓸어 넘겼다. 한 손을 지팡이에 의지한 인락의 구부정한 뒷모습에서 양춘은 슬픈 것과 기쁜 것을 보았다. 이 오락가락하는 마음이 인락과 함께 눈 쌓인 밭에 올라 "여기가 내 밭이요"라고 발자국을 찍던 일에서 시작했다는 것을 양춘은 직접 밭에다 씨를 뿌린 후에야 알았다. 그 전까지 양춘에게 인락의 행동은 무의미했다.

"꾹꾹 금을 긋는 거지. 이건 내가 살아 있다는 증거야. 흔적이란 말이지."

누구를 위한 흔적이냐고 양춘이 묻자, 인락이 단호하게 말했다.

"이 땅 속에 묻힌 게 나고, 또 바로 너란 말이다."

-거짓말.

양춘은 인락의 오래된 이야기를 믿는 대신 인락의 말이 모두 거짓일 거라는 제 마음을 믿으려 했다. 양춘보다 어렸을 때, 인락은 간도를 오가는 조선 독립군을 두 눈으로 똑똑히 봤다고 말했다. 볼이 홀쭉하니 쏙 파여서 해골 같았지. 그래도 그 눈빛은 말이다, 범이라도 잡겠더라. 여기 사람들이 많이 도왔지. 독립군 중에 같은 고향 사람이 있으면…. 차마 말을 잇지 못하는 인락은 눈물이 아닌 웃음을 지었다.

"독립군들이 불렀던 노래, 조선에서는 그걸 시라고 부른댔지."

시라고 말할 때 인락의 표정은 어린아이 같았다. 그렇게 전해져 오는 시를 김 단장도 알고 있었다. 김 단장이 고개를 끄덕였다. 인락과 김 단장의 대화는 밤이 깊도록 이어졌다. 가난을 피해 왔지만 가난해서 고향에 가지 못했다는 이야기 속에는 전쟁과 피와 땀이 있었다.

"여름은 좀 나았어. 벗으면 되는 거 아니겠어. 근데 겨울은 아니란 말이지."

인락이 겨울이라고 말하면 김 단장은 기다렸다는 듯이 눈에 대한 이야기를 했다.

"눈이 오면 오도 가도 못했죠."

하지만 김 단장이 경험한 눈과 인락이 겪은 눈은
달랐다.

"저 눈 위에 발자국을 찍어야 독립군이 내려온다
아니겠어. 그게 길인 게야. 우리가 그렇게 길을 만들
어줬어."

인락은 눈 위에 찍힌 발자국을 따라 마을로 내려온
독립군들이 식량을 얻어 가는 대신 시가 적힌 종이를
주고 갔다고 말했다. 이야기의 끝에는 언제나 시가
있었다. 양춘이 고개를 돌리며 어이없는 웃음을 지은
것도 이 때문이었다.

　-시, 라니.

쳇, 소리를 내며 자리에서 일어난 양춘이 마당으로
나왔다. 하지만 인락과 김 단장은 서로의 빈 잔에 술
을 부어주며 말을 이었다.

"그들이 알려준 시를, 아니 노래를 나도 모르게 흥
얼거렸어."

인락의 들뜬 목소리와 김 단장의 예, 예, 하는 소리
가 추임새가 되어 그 뒤를 따랐다. 시가 노래가 되고
노래가 타령이 되었다는 이야기와 함께 많은 독립군
들이 이 땅에 묻혔다고 전할 때는 인락의 목소리에
힘이 실렸다.

얼후

"그러니까 내 고향도, 죽은 독립군들의 고향도, 모두 조선이란 말이지."

양춘이 한숨을 내쉬며 고개를 들었다. 먼 데 하늘에서 별이 반짝였다. 이 또한 인락이 시, 라고 말한 어느 한 구절에 있다는 생각이 떠올랐다. 양춘은 눈을 감았다. 먼 데 하늘에 떠 있는 별이 보였다.

오늘처럼 눈이 내리는 한낮에도 눈을 감으면 별이 보였다. 그 옆으로 십 년 가까이 보지 못한 어머니의 얼굴과 어머니를 찾으러 한국으로 떠난 아버지의 얼굴이 나타났다. 양춘은 걸음을 멈추고 아른거리는 부모의 얼굴을 털어내듯 옷에 달라붙은 눈을 털어냈다. 눈이 떨어진 자리에 또 다른 눈이 소리 없이 양춘을 감쌌다.

공연만 계획대로 열린다면 양춘도 일주일 후면 한국에 갈 수 있다. 양춘은 한국에 가면 도대체 어떤 곳이기에 떠난 사람들이 오지 않는지 제 눈으로 확인하려 했다. 그러기 위해선 먼저 이 눈이 멎어야 한다. 양춘은 옷에 내려앉은 눈을 다시 털어냈다. 그럴수록 눈발이 더욱 거세지는 것 같았다. 집을 나와 옥수수 밭으로 향하는 동안 양춘과 마주친 사람은 아무도 없었다. 간혹 이런 날씨에도 관광객을 태운 버스가 들어오긴 했지만 요즘 같아선 눈이 멎어야 그도

볼 수 있을 것 같았다. 마을로 들어선 관광객들은 제일 먼저 옥수수 밭을 돌아보았다. 올려다보거나 내려다보는 일로 우와, 라는 감탄사를 내뱉었고 여름에는 태양이 너무 뜨거워서, 겨울에는 날씨가 너무 추워서라는 이유로 서둘러 버스에 올랐다. 관광객들의 감탄사를 놓치지 않은 인락은 그들 앞에서 큰 소리로 노래를 불렀다.

제비 떼 까맣게 날아와 초가집 지붕 위에 앉았네.
누구를 따라 왔나 물었더니,
하얀 쌀, 뽀얀 햇살을 따라 날아왔다 하네.

옥수수 밭을 올려다보던 사람들은 누구나 할 것 없이 인락이 부르는 노랫소리를 향해 고개를 돌렸다. 옥수수 잎 사이로 인락의 몸이 사라졌다. 관광객들은 인락을 찾기 위해 두리번거렸다. 그때 인락의 몸이 솟아오르듯 나타나면 이국적인 풍경이라도 본 듯 작게 웅성거렸다. 하지만 그들의 관심사는 여기까지였다. 관광객들은 나타났다 사라지기를 반복하는 인락을 등지고 서둘러 밭을 내려갔다. 관광객들과 달리 양춘은 걸음을 멈추고 뒤를 돌아보았다. 열을 세는 동안 인락의 목소리가 들리지 않으면 양춘

얼후

은 뛰어온 길을 되짚어 걸었다. 그 순간, 저 멀리 옥
수수 밭에서 인락의 몸이 불쑥 솟아올랐다. 인락이
다시 노래를 불렀다.

　장백산 천재산 쏟아지는 눈물을
　커다란 은쟁반에 받았더니
　아리랑 아리랑 고개를 넘어
　하얀 마을, 하얀 집 위에 옥수수로 만든
　무지개가 떴네.

　양춘은 외투 주머니에 양손을 찔러 넣은 채 옥수수
밭의 출입문 앞에 섰다. 굵은 철사를 얽히고설켜 만
든 문 밑으로 눈이 쌓였다. 철조망 밑에 쌓인 눈을 치
우는 동안에도 양춘은 노래를 불렀다. 이상한 일이었
다. 눈 쌓인 비탈길을 걷느라 발이 뒤로 밀려나는 동
안에도 미끄러져 두 손을 짚고 다시 일어서는 동안에
도 이상한 일이라고만 생각했지, 인락처럼 시가 노래
가 되고 노래가 타령이 되어 흘러나오는 지금이 당연
하다고는 생각하지 않았다. 인락이 즐겨 부르던 군가
에 이어, 온갖 풀과 꽃들의 이름을 나열한 노래를 흥
얼거렸다.
　양춘은 문을 열고 밭으로 들어갔다. 옥수수 밭이

하얀 이불을 덮고 있었다. 두 눈이 따뜻해져 왔다. 이 쯤에서 당연한 일이야, 라고 생각할 수도 있었지만 양춘은 이상한 일이야, 라고만 생각하며 다시 노래를 불렀다. 양춘은 인락이 당부한 대로 눈 위에 자신의 발자국을 남겼다. 위로 오를수록 양춘의 숨소리가 거칠어졌다. 양춘이 벌겋게 언 두 귀를 양손으로 감쌌다. 시린 귓속으로 숨 쉬는 바람 소리가 들렸다. 옥수수 밭 아래로 눈에 덮인 지붕들이 보였다. 마치 커다랗게 말아놓은 눈 뭉치 같았다. 집 뒤로 나 있는 다락논에도 눈이 쌓여 계단이 만들어졌다. 깊어진 눈은 교묘하게 마을 본래의 모습을 감추었다. 하지만 양춘은 숨어 있어도 들여다볼 수 있었다. 눈 속에 감춰진 온갖 쓰레기들과 다락논 옆에 둘러쳐진 날카로운 철조망을 그릴 수 있었고, 철조망을 사이에 두고 서로의 다락논에 물꼬를 트겠다고 삿대질하는 어른들의 모습을 떠올릴 수도 있었다.

처음에는 너와 내 집에서 시작된 싸움이 이웃 간의 싸움으로, 나중에는 조선족과 한족의 싸움으로 번졌다. 싸움의 승자는 언제나 한족이었다.

"미련을 버리세요."

양춘의 어머니가 마을을 떠나며 인락에게 말했다. 미련을 버리셔야 해요. 인락의 옆에 서 있던 양춘의 아버지는 말없이 아내의 가방을 들고 서 있었다. 인락은 아무런 말도 하지 않았다. 그저 아들과 며느리의 모습이 사라질 때까지 옥수수의 수염과 잎을 골라내며 옥수수를 자루에 담았다. 어린 양춘은 인락의 옆에 앉아서 옥수수수염으로 제 무릎을 간질였다. 이내 수염이 닿은 자리가 벌겋게 달아올랐다. 양춘이 다리를 긁어대자, 무릎 밑으로 손톱자국이 도드라졌다. 양춘이 손에 쥐고 있던 옥수수수염을 인락에게 던졌다. 인락이 고개를 들자 양춘이 울음보를 터트렸다. 인락이 옥수수 잎으로 양춘의 콧물을 닦아냈다. 양춘이 인락의 팔을 뿌리쳤다. 인락은 저도 모르게 웃음이 나왔다. 인락이 웃을수록 양춘의 울음소리는 더욱 커졌다. 그제야 양춘이 제 엄마를 찾아 두리번거렸다. 아무리 불러도, 아무리 울어도 들리지 않을 울음이었다. 인락이 양춘을 등에 업었다. 기저귀를 찬 양춘의 엉덩이가 인락의 깍지 낀 손에 툭 불거졌다. 마당을 나온 인락은 걷고 또 걸었다. 마당을 나와 골목으로, 다시 마당으로, 그리고 다시 골목으로 나오자 양춘의 울음이 잦아들었다. 양춘과 인락이 잠든 사이 양춘의 아버지가 술에 취해 들어왔다. 아내를 배웅하고 온 양춘의 아버지는 그날 이후 더 이상 다락논의 물꼬를 트지 않았다. 다른 집들이 논에 물을 대기 위해 고랑을 파고, 잇고, 막아 댈 동안 방 안에 누워 천장만 뚫어지게 바라보았다. 가끔 깊은 한숨을 쉬기도 했는데 해가 바뀌자 한숨이 욕으로 변했다. 양춘의 어머니가 먼 곳에서 고생하는 기특한 여자에서 화냥년으로 그러다 죽일 년으로 변해가는 동안 금방이라도 죽을 것 같은 사람은 양춘의 아버지였다. 보다 못한 인락이 아들에게 말했다.

"이 빌어먹을 자식."

인락은 빌어먹을 자식을 위해 다락논을 한족에게 팔아넘겼다. 마당에 떨어진 돈 뭉치를 양춘의 아버지가 냉큼 받아 나갔다. 어린 양춘이 제 아비를 향해 달음질쳤다. 인락이 양춘의 뒤를 쫓았다. 양춘의 아버지가 양춘과 인락을 향해 소리쳤다.

"네 엄마, 아니 그 년만 잡으면 금방 돌아올게."

놀란 양춘이 울음을 터트렸다. 인락이 양춘을 업었다. 양춘이 울음을 멈추지 않자 인락이 버럭 소리를 지르며 양춘을 내려놓았다.

"나도 너처럼 소리 내서 한 번 울어보자. 그게 내 소원이다. 이 원수 같은 녀석아."

양춘은 인락이 말한 소원이라는 것을 통곡이라는 말로 대신할 수 있다는 걸 가출을 한 후에야 알았다.

얼후

양춘은 제 발에 더욱 힘을 주며 발자국을 찍었다. 인락이라면 다락논에 둘러쳐진 철조망처럼 영역을 구분하며 발자국을 남겼을 것이다. 양춘은 헐거워진 장갑의 목을 끌어당기며 자신이 찍은 발자국을 돌아보았다. 눈 위로 양춘의 발자국이 이리저리 흩어졌다.

　—여기가 우리의 밭이기는 한 것일까?

　양춘은 발뒤꿈치를 들어 끝없이 펼쳐진 벌판의 끝을 보려 했다. 끝없는 벌판에서 마을 사람들은 네 것과 내 것의 경계를 정확히 구분했다. 인락 또한 손짓과 발짓으로 자신의 땅을 보란 듯이 짚어냈다. 하지만 양춘은 기억하지 못했다. 양춘이 기억하는 것은 언제나 이쪽과 저쪽 사이였다. 그러니까 이쪽. 아니면 저쪽. 오늘도 이쪽과 저쪽 사이에서 헤매다 미끄러지듯 눈밭을 타고 내려왔다. 밭을 올라올 때 한쪽 문만 열어둔 낡은 문이 눈 위에 반달을 그려놓았다. 양춘이 마저 한쪽 문을 열었다. 문이 열리는 방향으로 눈이 밀려났다, 밀려왔다.

　옥수수 밭 입구에 문을 만든 건 인락이었다. 인락이 문을 만들던 날은 벗고 살아도 시원치 않을 여름이었다. 인락은 낡은 나무를 주워다 못질을 하고 굵은 철사를 엮어 공간을 채웠다. 인락의 땀이 바닥으로 뚝뚝 떨어졌다. 문이 곧 입구가 되었다. 입구 밑으로 사람들이 오가는 길이 생겼고, 관광객들을 태운 버스의 주차장도 만들어졌다. 옥수수 밭에 문을 달고 내려오던 날 인락이 양춘에게 말했다.

"이 문도, 저 집도, 이 땅도, 저 들도 모두 다 내가 만들었다."

양춘이 걸음을 멈추고 인락을 올려다보았다. 인락과 양춘의 두 눈이 마주쳤다. 양춘은 집을, 땅을, 들을, 만든 인락을 본 적이 없다. 하지만 문을 만든 인락은 방금 보았다. 그러니 거짓말, 이라고 말할 수는 없었다. 양춘은 거, 라는 말이 툭 튀어나올 것 같은 입을 꾹 다물었다. 입을 다물고 숨을 크게 쉬지 않았다면, 그럼 뭐해요. 정작 우리 집은 가난한데. 그래서 엄마랑 아빠가 돈을 벌기 위해 한국에 갔는데, 라고 인락을 올려다보며 말했을 것이다. 먼저 시선을 거둔 인락은 멀리 들을 바라보며 노래를 흥얼거렸다. 그때였다. 양춘은 인락의 노래에서 이제는 볼 수도 믿을 수도 없는 기억이 담겨 있다는 것을 느꼈다. 어머니는 그걸 미련이라 불렀고, 그 때문에 아버지가 빌어먹을 자식이 되었는지도 모른다. 돌이켜보면 자신의 잦은 가출 또한 돈만 아는 부모가 아닌 인락의 그 노래 때문일 수도 있었다. 그즈음 양춘은 툭하면 집을 나가 연변 시내를 서성였다. 그곳은 마을에서 지겹게 보던 들판도 옥수수 밭도 없었다. 건물과 건물. 그 사이를 사람과 차가 누볐다. 양춘은 관광객을 상대로 호객 행위를 했고 탈북자들을 공안에 밀고하는 대가로 돈을 챙겼다.

"돈만 아는 새끼!"

공안에 끌려가는 탈북자들이 양춘을 노려보며 말했다. 돈만 아는 개자식. 탈북자들은 양춘에게 침을 뱉으며 '차이미이(財迷, 돈을 모으는 데 광적인 사람)'라는 욕을 해댔다. 양춘이 코웃음을 쳤다.

–누가? 내가?

차이미이로 치면 자신이 사는 새불이 마을에 수두룩했다. 양춘은 끌려가는 탈북자에게 똑같이 침을 뱉어주었다.

–돈 때문에 도망친 게 누군데.

양춘은 자신을 버리고 떠난 부모를 떠올렸고, 허구한 날 염병할 새불이를 입에 달고 사는 마을 사람들을 생각했다.

–어쨌든 혼자만 살겠다고 도망친 건 너희들이야.

공안에게 끌려가는 탈북자를 보며 양춘은 그들이 타고 왔을 떼배가 다시 북으로 흘러가는 상상을 했다. "여기서 떼배를 타면 영락없이 북으로 간다." 언젠가 떼배를 타고 한국으로 가겠다는 양춘에게 인락이 한심하다는 듯이 말했다. '두만강의 떼배는 무조건 북으로 가지. 북으로 가면 너는 평생 부모를 만날 수 없어'라는 인락의 말에 양춘은 겁이 났다. 보고 싶은 사람을 평생 보지 못하는 건 무서운 일이었다. 양춘이 '차이미이'라는 말을 들어가며 돈을 모은 것도 부모를 보기 위해서였다.

　-돈이 모이면 한국에 갈 거야. 한국이 어떤 곳이기에 한 번 가면 돌아오지 않는지 내 눈으로 꼭 보고 말 테야.

　양춘의 밀고는 더욱 심해졌다. 해가 바뀌자 새불이 마을에까지 양춘의 소문이 전해졌다. 인락은 여름이 가고, 가을이 가고, 그리고 겨울이 오기를 기다렸다. 아니, 그동안 양춘이 돌아오기를 기다렸다. 하지만, 겨울이 오고 눈이 내려도 양춘은 돌아오지 않았다. 인락이 양춘을 찾아 연변 시내로 갔다. 그곳에서 양춘은 '차이미이'로 통했다. 연변 시내에 쌓인 눈은 새불이 마을과 달리 지저분하고 잘 뭉쳐지지 않았다. 눈이 하얗지 않을 수도 있다고 인락은 생각했다.

　건물과 건물 사이에 양춘이 서 있었다. 인락은 양춘을 보자마자 양춘의 뺨을 때렸다. 순식간에 시내 한복판으로 구경꾼들이 몰려들었다. 양춘을 향해 한 사내가 큰 소리가 말했다.

"저 새끼는 맞아도 싸."

양춘은 인락에게 목덜미를 잡힌 채 새불이 마을로 돌아왔다.

인락이 양춘을 맨 처음 데리고 간 곳은 눈 쌓인 옥수수 밭이었다. 마을 회관 앞을 지나자 김 단장이 연주하는 얼후 소리가 새어나왔다. 새불이 마을이 여전하다는 소리이기도 했다. 인락이 꽉 움켜쥔 양춘의 옷깃을 풀어주며 말했다.

"지난번에 김 단장이 담장 밑에서 얼후를 연주하니까, 한국 관광객들이 돈을 던져 주더라."

양춘이 피식 소리를 내며 웃었다. 웃긴 했지만 김 단장의 얼후 연주는 연변에서도 알아주는 실력이었다.

-그런 사람을 거지로 취급하다니.

눈 쌓인 옥수수 밭에 오르는 동안 인락은 그동안 있었던 마을 이야기를 들려주었다. 내년에 김 단장이 서울에서 얼후 연주를 하게 됐다고 했다. 한 사람이 김 단장과 함께 아리랑을 부를 건데 그게 네가 됐으면 싶다고도 했다. 양춘이 더 큰 소리로 웃었다. 나머지는 뻔한 이야기였다. 누구네 집이 이사를 가고, 누구네 밭이 헐값에 팔리고, 누구네 집 누가 죽었고, 그래서 십 년 만에 자식들이 왔다고 했다. 그리고 이런 말도 했다.

"그러니까, 떠난 사람을 가장 빨리 만나는 방법은 말이다, 떠나보낸 자리에서 기다리는 거다. 죽었다니까 그래도 죽은 거 보러 다 오더란 말이다."

그날 양춘은 밭을 오르면서 지금 당장 부모를 만나려면 인락이 죽어야 하는 게 아닐까, 라는 생각을 했다.

-그래서였을까.

양춘은 눈 속에 파묻힌 문짝을 닫으며 인락이 쓰러지던 날을 떠올렸다. 인락에게 끌려가다시피 옥수수 밭에 오르던 날, 양춘은 여전히 눈밭에 발자국을 남기는 인락을 보았다. 노인네가 죽어야 저 짓을 그만두지, 라는 아버지의 목소리가 들리는 듯했다. 인락은 양춘의 손을 잡아끌며 옥수수 밭으로 올랐다. 인락의 입에서는 여전히 노랫소리가 흘러나왔다. 양춘은 인락의 손을 뿌리치고 두 귀를 틀어막았다. 그 순간이었다. 인락이 옥수수 밭 밑으로 굴러떨어졌다. 한 번도 생각해보지 않은 상황이었다. 눈밭을 구르는 인락의 몸은 바람에 쓸려가는 낙엽 같았다. 양춘은 제자리에 서서 의식을 잃은 인락에게 한 손을 내밀었다.

-할아버지.

손을 내밀면 언제든 자신의 손을 잡아주던 인락이 움직이지 않았다. 양춘의 눈에서 눈물이 흘렀다. 양춘은 인락을 업고 병원으로 향했다. 처음으로 양춘은 소원이라는 걸 생각했고, 소리 내어 울고 싶다는 인락의 소원을 떠올렸다. 병원에 도착한 김 단장은 그걸 통곡이라고 말했다.

"나나 네 할아버지나 이제는 울고 싶어도 눈물이 나오지 않는 나이다."

말을 마친 김 단장이 거친 손으로 얼굴을 문질렀다. 김 단장의 얼굴에서 마른 잎이 부서지는 소리가 났다. 인락의 얼굴에서도 저런 소리가 났다. 양춘은 인락이 금방이라도 바스라질까 겁이 났다.

그렇게 시작한 합창 연습이었다. 쓰러진 인락을 위해서라면 가출을 하지 않겠다고 마음먹었고 인락이 침대에서 일어날 수 있다면 새불이 마을에서 아리랑을 부르는 단 한 사람이 되겠다고 결심했다. 양춘은 한 곡의 연변 아리랑을 부르기 위해 일 년 가까이 연습했다. 김 단장의 얼후 연주에 맞춰 박자를 세고 음정을 가다듬었다. 그리고 이제 일주일만 있으면 공연이다.

양춘은 눈에 덮인 옥수수 밭을 내려오며 집이 아닌

김 단장의 집으로 발길을 돌렸다. 갈림길에서 망설인 양춘의 발자국이 눈 위에 어지럽게 찍혔다.

이 마을의 전설을 피, 라고 말하는 김 단장은 이번 공연을 통해 인락이 기억하고 자신이 간직한 마을의 전설을 들려주고 싶다고 했다.

"얼후가 되었든 연변 아리랑이 되었든 그건 중요치 않아."

김 단장은 연습이 끝날 때마다 양춘의 어깨에 손을 올리며 말했다.

"그러니까 너 또한 네 할아버지가 간직한 이 노래를 기억해야 해."

눈 쌓인 김 단장의 마당에는 어떠한 발자국도 나 있지 않았다. 반나절이 지나도록 김 단장이 밖으로 나오지 않은 것이다. 가까이 다가서자 김 단장의 목소리가 마당으로 새어 나왔다. 양춘이 걸음을 멈췄다.

"한국 사람들에게 연변 아리랑이 불순할 수 있어도, 우리에게 연변 아리랑은 순정이란 말입니다. 순정."

양춘은 그 자리에 선 채로 다음에 이어질 김 단장의 목소리를 기다렸다. 피와 순정이 아닌 아리랑과 한국에 대한 이야기가 이어지길 바랐다. 하지만 마당으로 새어 나오는 소리는 김 단장의 얼후 소리였다.

"……."

양춘은 발길을 돌렸다. 이제 지팡이를 짚은 채 자신이 오기를 기다리는 인락에게 가야 했다. 인락이라면 언성을 높이며 전화를 끊은 김 단장에게 이렇게 말해주었을 것이다.

"이제 그만하면 됐다."

양춘이 헐거워진 장갑의 목을 잡아 올렸다.

-소문처럼 공연이 취소된다면….

그렇게 되더라도 걱정할 것은 없다. 집으로 돌아가 인락의 앞에서 노래를 부르면 그만이었다. 이제 그만하면 됐다, 라고 말하는 인락이라면 김 단장이 말하는 이 마을의 전설인 피와 순정이 그대로 전해질 터였다.

선샤인 뉴스

치윤이 김 선생으로 불리는 건 오후 두 시부터 일곱 시 사이이다. 치윤이 김 선생으로 불린다고 해서 그가 다른 사람이 되는 것은 아니지만 아침이 또 다른 어둠의 시작인 치윤에게 '선생'이라는 호칭은 그가 여섯 시에 일어날 수 있는 가장 큰 이유이다.

그가 아침을 느끼는 건 자명종 소리와 라디오에서 흘러나오는 아나운서의 목소리이다. 오늘도 치윤은 자명종 소리에 아침을 느꼈다. 잠에서 깬 후에는 여느 날처럼 아홉 걸음을 걸어 화장실로 향했고 평소보다 많은 물소리를 냈지만 특별한 일은 아니었다. 화장실을 나온 후에는 여덟 걸음을 걸어 서랍장에 넣어 둔 옷을 꺼내 입었다. 어제 벗어 둔 옷의 위치를 생각하며 기억을 더듬었지만 이 또한 다른 날과 특별히 다르지 않다. 치윤은 옷을 갈아입은 후에야 아침을 먹기 위해 불을 켰다. 인공조명이긴 해도 빛을 감지할 수 있는 그에게 불빛은 늘 먹어도 질리지 않는 반찬 같은 것이다.

-딸깍. 딸깍.

치윤의 밥은 냉동실에 들어 있다. 전자레인지의 타이머를 두 칸 움직여 밥을 데우는 동안 가스레인지에 올려놓은 찌개를 데웠다. 따뜻함과는 다른 불의 기운이 느껴졌다. 가스레인지 앞에서 두 발짝 뒤로 물러난 치윤은 새벽녘까지 새긴 점자와 라디오 속의 그녀를 떠올렸다.

지난밤, 그러니까 관측 사상 가장 긴 월식이 일어나던 그 시각에 치윤은 라디오 방송을 듣고 있었다. 진행자가 어딘가로 전화를 걸었고, 수화기 너머로 크레인 위에 살고 있다는 그녀가 대답했다. 그녀는 진행자에게 굉장히 어려운 미로 속을 걷고 있는 것 같다고 말했다.

"왜 그런지 아세요? 길을 찾으면 그들이 또 다른 벽을 세우거든요. 그것도 아주 교묘하게, 겹겹이 말이에요."

그녀가 걷고 있다는 미로를 점자 단말기에 입력한 치윤은 자신이 알고 있는 미로의 뜻과 단말기에서 출력한 점자를 비교했다. '한 번 들어가면 다시 빠져나

오기 어려운 길'이라고 찍힌 미로의 뜻 앞에서 치윤
은 그녀도 미로 속에 살고 있다, 고 썼다.

『그녀도 미로 속에 살고 있다』

　미로 속에서 출발한 치윤의 기록은 그녀와의 인터
뷰가 끝날 때까지 계속됐다.
　-땡.
　정확히 이 분이 흘렀다고 알리는 전자레인지의 알
림 소리에 치윤이 냉장고에서 반찬을 꺼냈다. 식탁 위
를 덮은 유리와 유리그릇이 부딪히며 차갑고 둔탁한
소리를 냈다.
　-따각, 따각.
　치윤은 천천히 뚜껑을 열었다. 느림은 그가 할 수
있는 유일한 멋이다. 음식을 먹을 때도 팔과 손과 턱
을 천천히 움직여 최대한 음식을 흘리지 않았다. 출근
을 하기 위해 옷을 갖춰 입는 동안에도 가능한 한 천
천히 움직였다. 아름답지는 않더라도 추하지 않게 보
이기 위해 느림은 그가 꼭 해야만 하는 훈련이었다.
　외출 준비를 끝낸 치윤은 방 안의 불을 다시 껐다.
어두워진 방 안은 오전 여덟 시를 느끼기 위해 맞추
는 일종의 알람이었다. 치윤은 여느 때와 마찬가지

로 글을 쓰기 위해 책상 앞에 앉았다. 그가 오전에 글을 쓰는 시간은 출근 준비를 끝내고 여덟 시가 될 때까지이다. 책상 옆에는 머리에서 발끝까지 혈자리가 도드라진 마네킹이 세워져 있다. 치윤은 마네킹을 건드리지 않기 위해 한 손으로 마네킹의 어깨를 살며시 잡았다. 쇄골을 지나 견갑골이 만져졌다. 치윤은 다른 한 손으로 점판을 끌어당겨 간밤에 쓰다 만 점자를 손가락 끝으로 따라 읽었다.

『관측 사상 가장 긴 월식』

급히 적느라 띄어쓰기를 무시한 문장이었다. 관측 사상 가장 긴 월식은 한 달 전부터 치윤의 주위를 맴돌았다. 월식이 무슨 축제인 것처럼 떠들어 대더니 막상 월식이 지나자 육안으로 볼 수 없었다는 말과 함께 월식이 사라졌다.

지난밤, 관측 사상 가장 긴 월식 시간에 맞춰 라디오 속의 진행자는 그녀를 향해 무작정 크레인 위죠? 라고 물었다. 네, 라는 잡음 섞인 음성이 들려오다, 거짓말처럼 바람 속으로 그녀가 사라졌다. 당황한 진행자는 다시 전화가 연결될 때까지 일 년 가까이 60미터 높이의 크레인 위에서 살고 있다는 그녀의 근황을 전했다.

『크레인』

　피식, 치윤이 웃음을 흘렸다. 숫자 표기가 귀찮아 60미터는 빼고 크레인만 점자로 표기한 것이다. 하지만 치윤은 60미터라는 숫자를 기억했다. 전화가 다시 연결 되고 그곳에 있는 이유가 무엇인지 진행자가 물었을 때 그녀는 그들이 우리를 볼 수 있게 하려면 어쩔 수 없는 선택이었다고 말했다. 그뿐이었다. 정작, 크레인 위에서 한 남자가 목을 매 자살했다는 이야기와 해고 노동자의 복직과 근로자의 권리를 말한 건 진행자였다. 그녀는 진행자와 달리 어둠과 빛과 미로에 대한 이야기를 꺼냈다. 인터뷰 내내 진행자는 그녀를 "가장 아름다운, 하지만 가장 어두운 밤을 보내고 있는 사람"이라고 소개했다. 치윤은 가장 아름다운 밤과 가장 어두운 밤이라고 적어야 할 문장을 『가장 아름다운, 밤』이라고 적었다.

『가장 아름다운, 밤』

　오늘 아침 다시 읽은 『가장 아름다운, 밤』은 마치

그녀가 가장 아름다운 밤을 보내고 있는 것처럼 느껴졌다. 한 줄의 글이 그녀에 대한 생각을 자유롭게 만들었다.

치윤은 양손의 감각을 이용해 점자지(紙)를 갈아끼웠다.

-살깍.

점자지가 제대로 끼워진 소리이다. 치윤은 오른쪽에서 왼쪽으로 점자를 찍었다.

-사팍 사팍 사팍. 사팍 사팍 사팍…….

치윤의 왼손이 오른손에 의해 밀려났다. 점자를 배우던 어린 시절, 점자 찍기에 열심인 학생들의 모습을 두고 한 선생이 칼질하는 요리사와 닮았다고 했다. 앞을 보는 사람이 할 수 있는 말이었고, 정작 점자를 배우는 치윤과 학생들은 요리사를 한 번도 본 적이 없었다. 떠올릴 수 없는 선생의 말이었지만 점자지는 칼질을 당한 듯 어지럽게 구멍이 뚫려 본래의 형태를 잃어갔다.

점자를 찍어대는 치윤의 손동작이 빨라졌다. 라디오에서 흘러나오는 광고가 그 이유였다. 광고는 빠르고 목소리 톤이 높았다. 그래서인지 시간이 지나도 다른 소리와 달리 오래도록 기억에 남았다. 치윤이 옮겨 적는 점자 중에 유독 광고가 많은 이유도 이 때문이다. 손을 멈춘 치윤은 점자지를 뒤집어 손가락 끝으로 구멍의 개수를 가늠했다.

『강력한 살균력. 깨끗(끗)한 세정력. 눈에 보이지 않는 곰팡이가(까)지
말큼(끔)히 사라지는 상캐(쾌)함을 경험하세요』

생각대로 오타가 많았다. 된소리의 표기는 언제나 어려웠다. 점자가 아닌 한글도 된소리의 표기가 어렵다고 했다. 치윤은 점자를 소리 내어 읽었다. 쓰고, 읽기를 반복하다 보면 눈으로 본 것처럼 느껴지는 순간이 있다. 치윤은 그걸 기억이라고 믿었다. 볼 수 있다는 것과 기억한다는 것을 같은 의미로 받아들인 치윤에게 소리를 적는 기록은 일종의 시선과도 같았다.

치윤은 눈에 보이지 않는 곰팡이가 사라진다는 소리를 다시 한 번 적었다. 그러다, 볼 수 있는 사람들은 왜 볼 수 없는 곰팡이까지 보려 하는지 궁금해졌다. 보이기 때문일까, 보이지 않기 때문일까, 를 두고 골몰하는 동안 책상 한쪽에 모아둔 점자지에서 크레인 위에 살고 있다는 그녀의 기록이 만져졌다.

『살려주세요』

『살려주세요』를 읽으려 하자, 라디오에서 여덟 시를 알리는 시보가 울렸다. 목소리 톤을 높인 진행자가 활기찬 아침 인사를 했다. 앞을 볼 수 있기에 아침이 활기찬 건지, 아침에는 무조건 활기차야 하는 건지, 라디오 속의 아침은 언제나 활기차다. 치윤은 들뜬 진행자의 목소리에 가끔씩 자신의 활기가 달아나는 것 같았다.

라디오의 시보가 아니더라도 치윤은 여덟 시를 분간 할 수 있다. 여덟 시는 빛이 방 안으로 들어오는 시각이다. 지금쯤이면 창문을 뚫고 들어온 햇살이 창틀에 놓인 화분을 비추고 있을 것이다.

치윤이 화분을 들여놓던 날도 어김없이 안마원의 여자가 치윤을 김 선생이라고 불렀다. 여자의 목소리는 언제나 밝았다. 안마를 끝내고 대기실에 앉아 있으면 어느새 다가와 수건을 내밀었고, 비가 오는 날이면 콜택시를 불러 안마사들을 태워주었다. 더욱이 그전의 여자와 달리 대기실에 있는 텔레비전을 항상 켜두었다. 안마원의 내부 구조가 헷갈려 텔레비전에서 나오는 소리로 대기실을 찾는다고 했지만 여자의 행동으로 인해 치윤은 안마원의 구조가 바뀐 것 같은 착각이 들곤 했다. 어느 정도 내부 구조를 익힌 여자는 안마가 시작되기 십 분 전에 대기실로 들어와 안마사들이 들어갈 방의 호수를 일러주었다. 남은 안마사들은 자신의 차례를 기다리는 동안 텔레비전 소리에 집중했다.

그날은 두 명의 안마사와 치윤이 일식과 월식에 관한 방송을 듣고 있었다. 여자가 안마사들을 데리고 나가자 대기실에는 치윤 혼자 남았다. 치윤은 텔레비전 소리에 귀를 기울였다. 얼마 후 여자가 치윤을 데려가기 위해 대기실 문을 열었을 때도 치윤은 텔레비전에서 귀를 떼지 못했다.

"태양이 달에 의해 가려지는 순간을 우리는 일식이라고 부르는데요. 고대 사람들은 일식과 월식, 그러니까 밤의 정령인 달이 지구의 그림자에 가려지는 월식을 두고 악마가 보내는 재앙이라고 여겼습니다."

내레이터는 재앙의 순간이었던 고대의 일식과 월식이 지금은 우주에서 펼쳐지는 화려한 쇼가 되었다고 전했다. 치윤은 한동안 내레이터가 전하는 소리에서 빠져나오지 못했다. 자신의 차례가 되어 안마를 끝내고 다시 대기실로 돌아갈 때까지 치윤의 머릿속엔 태양을 가리고 있는 달과, 지구의 그림자에 가려진 달이 쉴 새 없이 그려졌다.

지난밤에 이어, 아침 여덟 시 시보에 맞춰 음악이

흘러나오는 지금 이 순간에도 치윤의 머릿속엔 크레인 위에 살고 있다는 그녀의 크레인이 둥근 달이 되었다, 태양이 되었다 지구가 되길 반복했다.

여덟 시가 되자 치윤은 출근 준비를 위한 마지막 점검에 들어갔다. 빛을 마주한 채 몇 걸음을 걸어 창틀에 올려놓은 화분의 흙을 만져보았다. 메마른 흙이 만져졌지만, 오늘처럼 책상에서 창틀까지 다섯 걸음을 걸었는지, 여섯 걸음을 걸었는지 헷갈리는 날에는 물을 주는 대신 걸음의 거리를 확인하기 위해 왔던 걸음만큼 되돌아 걸었다. 번거롭긴 해도 치윤이 반드시 해야 하는 확인 절차였다.

걸음의 거리가 확인되자, 치윤은 라디오 전원을 껐다. 이내 모든 소리가 사라졌다. 자신이 내는 숨소리에 맞춰 현관문까지 열 걸음을 걸었다. 현관문 옆에 세워둔 지팡이를 짚는 순간 치윤은 김 선생으로 불릴 오후의 시간과 김 선생이 되기 전까지 자신이 거쳐야 하는 시간을 천천히 더듬어가며 현관문을 열었다.

*

'살려주세요.'

밖으로 나오자 지난밤에 기록한 문장이 떠올랐다.

살려주세요, 는 크레인 위의 그녀가 아닌 진행자가
했던 말이다.

"살려주세요, 라고 말하는 걸 봤어요. 티브이에서.
아마, 삼 일 전이었죠. 농성 중인 현장에서 한 노동자
가 카메라를 향해 이렇게 말하더라구요. 살려주세요."

진행자의 말이 끝나고 라디오 속의 그녀가 무슨
말을 했지만 치윤은 진행자의 '살려주세요'라는 말
에 점필을 놓고 말았다. 치윤과 달리 진행자와 라디
오 속의 그녀는 웃음 섞인 대화를 주고받았다. 달이
보이냐는 진행자의 질문에 그녀는 구름에 가려 보이
지 않는다고 전했고, 관측 사상 가장 긴 월식이 일어
나는 밤이라고 하자, 제아무리 길고 어두운 월식이라
해도 지금의 어둠보다는 어둡지 않을 거라고 말했다.

치윤이 다시 점필을 집은 건 그녀가 또다시 바람
속으로 사라졌을 때였다. 진행자는 전화 상태가 고
르지 못하다는 양해의 말과 함께 음악을 틀어주었다.
그때였을 것이다. 치윤은 '살려주세요' 밑에 자신이
기억하는 진행자의 말을 점자로 기록했다.

『살려주세요, 라고 말하는 걸 봤어요. 티브이에서』

집을 나선 치윤은 십 분 정도를 걸어 버스 정류장

에 도착했다. 먼저 도착한 서너 명의 사람들이 버스에 오르고 있었다. 치윤이 버스에 오르자 보조교사가 빈자리로 안내했다. 굳이 보조교사가 뒤따르지 않아도 치윤은 자신의 자리를 찾을 수 있다. 계단을 오르자마자 왼쪽으로 나 있는 세 번째 자리가 치윤의 자리이다. 지팡이를 접어 한 손에 쥔 치윤이 자리에 앉았다. 치윤의 뒤로 낯익은 사람들의 목소리가 들렸다. 앞이 보이는 사람들의 대화였다. 그들은 상대방의 말이 채 끝나기도 전에 말을 되받았다. 치윤이라면 절대로 할 수 없는 대화의 순서였다. 앞이 보인다는 건, 말하지 않아도 알아들을 수 있는 능력이라고 치윤은 생각했다.

작은 흔들림과 진동을 시작으로 버스가 출발했다. 익숙하고 규칙적인 버스의 움직임이 치윤으로 하여금 간밤의 낯선 단어와 문장을 떠올리게 했다. 해고된 노동자의 복직과 근로자의 권리, 농성 현장의 땀과 눈물을 주고받던 라디오 속의 대화는 평상시 치윤이 사용하지 않는 말들이었다. 그래서인지 빠르게 받아 적지 못했다. 그렇게 놓쳐버린 말과 문장을 치윤은 계속해서 떠올렸다. 가장 어두운 밤, 이라거나 미로 속의 인내와 눈물이라는 문장은 점자로 찍기도 전에 필요한 자음과 모음의 개수가 헷갈려 놓치고 말았다. 절망과 좌절, 가난과 실패라는 치윤이 받아들일 수 있는 단어들도 툭, 불거지는 생각과 느낌들로 옮겨 적지 못했다. 언제부턴가 치윤은 점자를 쓸 때마다 단어와 문장의 느낌을 기억하려 했다. 같은 단어는 같은 모양을 가지고 있다. 하지만, 문장으로 옮기고 나면 다른 단어로 표현되었다. 그럴 때마다 치윤은 자신이 쓴 점자의 모양이 다를지도 모른다는 착각이 들곤 했다.

예를 들면 이런 문장들이다. '버스 문이 고장 났다'고 기록한 어느 날의 버스와 '제일 늦게 버스에서 내렸다'고 기록한 '버스'가 그랬고, '원장님이 늦었다'고 쓴 문장 속의 원장님과 '늦어서 원장님에게 혼이 났다'는 문장의 '원장님'이 그랬다. 같지만 분명, 다른 단어였다. 치윤은 그 차이를 알고 싶었다. 그러다 보면, 간밤에 옮겨 적지 못한 숱한 단어들이 자신의 삶속으로 들어와 하나의 문장이 되고, 그 안에서 자신도 완성된 삶을 살 것 같았다.

복지관까지 세 정거장을 사이에 두고, 대여섯 명의 사람들이 버스에 올랐다. 아홉 시 십 분 전이라는 도착 시간에 맞추기 위해 어떤 정거장에서는 길게, 어떤 정거장에서는 그보다 짧게 버스가 대기했다. 버스가 복지관에 도착하자 사람들이 서둘러 내렸다. 언제나 처럼 치윤이 가장 늦게 내렸다.

뒷문으로 들어선 치윤은 복도 끝의 계단을 이용했다. 가까이 혈자리를 외우는 사람들의 목소리가 들렸다. 치윤처럼 안마사가 될 시각장애인들의 수업이었다. 치윤에게 지금의 안마원을 소개해준 사람은 복지관 지하에 있는 안마원장이었다.

"안마를 하면서 살고 싶지는 않아요…."

원장이 안마사를 권하자 치윤이 고개를 숙인 채 말했다. 원장의 쳇, 소리가 교실 안으로 길게 퍼졌다.

"그러면? 먹고는 살아야 될 거 아냐!"

원장이 치윤의 등짝을 내리쳤다. 쳇, 소리만큼 치윤의 등짝에서 턱, 소리가 났다. 치윤은 그렇게 안마사가 되었다.

치윤은 안마 수업이 한창인 교실을 지나쳤다. 엘리베이터를 탈 수도 있었지만 계단을 통해 지하로 내려갔다. 복지관 지하에 있는 안마원은 노인들을 대상으로 무료 안마를 시술했다. 구에서 하는 복지 정책 중하나라고 했지만 그보다는 복지관에 들어선 장애인 교육 시설의 불만을 줄이려는 강구책에 더 가까웠다.

"일은?"

치윤이 들어서자 원장이 치윤을 향해 물었다.

"그냥, 그래요."

치윤은 자신이 '김 선생'으로 불린다는 얘기는 하지 않았다. 원장이라면 그의 호칭을 두고 안마사가 치윤의 천직이라도 되는 듯 치켜세울 게 분명했다. 치윤이 안마를 배우는 동안 누구도 치윤에게 하고 싶은 것이 무엇인지 묻지 않았다. 치윤을 아는 모든 사람들은 치윤이 안마사가 되기 위해 눈이 멀기라도 한 것처럼 그의 인생을 결정해버렸다. 복지관에서 안마를 받는 노인들도 그랬다. 제 밥벌이 하며 사는 게 멀쩡한 남자보다 훨씬 낫다거나, 대견하다는 말로 값싼 동정을 보냈다. 그럴 때마다 치윤은 안마가 끝난 후 지하철을 타고 가는 안마원까지의 거리를 생각했다. 다니던 길로만 다니면 그가 사람들과 부딪쳐 사고를 당하는 일은 많지 않았다. 그가 사고를 당하거나 길을 잃어버리는 경우는 다른 길로 들어설 때였다. 그 순간만큼은 반드시 누군가의 도움이 필요했다. 복지관 노인들의 값싼 동정도 이와 다르지 않았다. 낯선 거리에서 내뱉는 '도와주세요' 뒤에는 언제나 '살려주세요'가 뒤따랐다. 치윤은 그 말을 하면서 평생을 살고 싶지 않았다. 하지만 선택의 여지없이 안마사가 된 것처럼 그에게 타인의 도움은 끝나지 않는 미로와 같았다. 그렇지만 지난밤에 만난 그녀는 달랐다.

"길을 잃어도 괜찮아요. 제 아무리 복잡한 미로라고 해도 저는 높이 60미터의 크레인 위에 올라와 있거든요. 여기서는 저 아래가 훤히 내려다보여요. 아, 저기 달이 보이네요."

그녀의 말이 끝났을 때 치윤은 처음과 달리 60미터를 점자지에 기록했다.

『높이 60미터 달』

60미터가 얼마나 높은지 치윤은 가늠할 수가 없었다. 그저 달의 높이가 60미터인 것 같아 하늘을 올려다보았고, 복지관 건물의 높이가, 아니면 '선생'으로 불리는 안마원 건물이, 그것도 아니면 태양의 높이가 60미터가 아닐까, 라는 생각을 해보았다.

*

어제보다는 오 분 정도 늦었지만 치윤은 별 탈 없이 안마원에 도착했다. 복지관을 등지고 오른쪽으로 돌아 직선으로 난 길을 따라 걸었고, 횡단보도를 건넌 후에는 일흔두 걸음을 걸어 지하도로 들어갔다. 지하철 개찰구까지 스무 걸음을 걸었고 계단을 타고 내려갈 때는 행인의 도움을 받아 최대한 천천히 움직였다.

　-딸랑, 딸랑, 따알랑

　안마원 문에 달린 종이 울리자 기다렸다는 듯이 여자가 치윤을 반겼다.

　"김 선생님!"

　치윤이 인사를 하기도 전에 여자가 앞장서 걸었다. 이제 여자는 안마원 안에서 길을 잃지 않는다. 대기실까지 치윤을 안내한 여자는 대기 중인 안마사를 데리고 나갔다. 여자가 틀어 둔 텔레비전에서도 월식에 관한 뉴스가 나오고 있었다.

　"지난밤에 있었던 개기월식은 육안으로 확인할 수 없었는데요. 그래서 많은 분들이 아쉬워하셨죠. 다행히 특수 천체 망원경으로 촬영한 월식의 모습이 있습니다."

　고개를 치켜든 치윤이 텔레비전에 귀를 고정했다. 자세한 보도를 전한다는 과학 전문기자가 아나운서의 말을 이어받았다. 태양과 지구와 달이 일직선상에 놓여, 라는 말에 치윤은 동그라미 세 개를 그렸다. 하지만 지구의 그림자에 달이 가려지는, 에서는 지구의 그림자에 가려진 달을 상상할 수가 없었다. 치윤이 고개를 가로젓자 여자가 치윤의 옆으로 다가왔다.

"뭘 그렇게 뚫어지게 봐?"

놀란 치윤이 자리에서 일어났다.

"아니, 듣고 있었어요."

아, 그러게…, 라는 말과 함께 여자가 크게 웃었다. 여자가 웃지 않았다면 치윤은 "달이요. 관측 사상 가장 긴 월식이었다는 달이요"라고 말했을지도 모른다. 대기실을 나온 치윤은 여자를 따라 걸었다. 여자는 3호실 앞에서 걸음을 멈췄다. 여자가 할 일은 여기까지였다. 안마사들이 길을 잃지 않게 좁고 밀폐된 복도를 앞장서 걸었고, 대기 중인 손님의 방과 호수를 확인하고 다시 카운터로 향했다.

치윤이 천천히 3호실 문을 열었다. 이미 데워질 대로 데워진 방 안의 공기가 화장품 냄새와 뒤섞여 탁하고 거칠게 끼쳐왔다. 침대에 누워 있는 여자는 치윤이 젊다는 이유로 매번 그를 찾았다. 여자는 언제나처럼 치윤의 눈을 오래도록 들여다보았다.

"안경을 쓰는 게 낫나…, 벗는 게 낫나…."

결국 안경을 벗으라고 말한 3호실 여자는 가장 편한 자세로 누우라는 치윤의 말에 다시 안경을 쓰라고 말했다. 치윤의 손이 뭉쳐 있는 3호실 여자의 근육을 풀었다. 치윤이 힘을 주는 대로 피부가 밀려났다. 여자의 피부는 복지관 노인들과 다르지 않았다. 하지만 이곳을 찾는 사람들은 손님이라 불렸고, 복지관의 노인들은 그저 노인일 뿐이었다. 복지관 노인들은 치윤에게 안마 이외의 것은 시키지 못했다. 치윤의 안경을 가지고 신경을 곤두세우지도 않았고, 편한 자세를 취해가며 원하는 강도의 안마를 시키지도 않았다. 치윤은 안마원의 늘어나는 고객을 감당하기 위해 복지관에서는 최대한 힘을 아껴야 했다. 원장의 말처럼 먹고는 살아야지, 가 이유라면 이유였다.

"여기서 하는 안마는 그냥 연습이라고 생각해야 해. 그렇지 않으면 정작 오후에 힘을 못 쓴다니까."

안마를 하면서 살고 싶지 않아요, 라고 했던 자신의 말이 무색하게 치윤은 먹고살기 위해 힘을 아꼈고, 먹고살기 위해 있는 힘껏 안마를 했다. 마치 "먹고는 살아야지" 이전에 "먹고살고 싶어요"가 있는 것 같았고, 먹고사는 모든 것이 "살려주세요"에서 시작하는 것 같았다.

치윤은 다시 손에 힘을 주었다. 순서대로라면 3호실 여자가 옆으로 누울 차례였다. 치윤이 손가락에 힘을 주자, 맥없이 풀어졌던 여자의 숨소리가 잦아들었다.

인터폰은 정확히 안마가 끝나기 십 분 전에 울렸다. 앞으로 십 분 정도의 시간이 남았다는 신호였다. 이제 치윤은 최대한 여자의 잠을 방해하지 않으면서 안마를 마무리해야 했다.

십 분 후, 스피커에서 음악이 흘러나왔다. 치윤은 누워 있는 3호실 여자를 남겨두고 들어왔을 때와 마찬가지로 밖으로 나왔다. 이렇게 복도에 혼자 남겨진 순간을 치윤은 견딜 수가 없었다. 치윤에게 미로는 이런 것이었다. 앞을 볼 수 없는 순간이 만들어내는 절벽이 아닌, 익숙해진 공간에서 절대로 벗어날 수 없는 것. 벗어나는 순간 '도와주세요'와 '살려주세요'의 사이에 놓여 선택의 여지없이 평생을 안마사로 살아가야 하는 것이었다.

*

치윤은 왔던 길을 되돌아 복지관에 도착했다. 안마원 앞으로 난 길을 따라 걸었고, 첫 번째 횡단보도를 건너 지하도로 들어가 전철을 탔다. 치윤이 걷는 동안 두어 명의 사람과 부딪쳤지만 크게 문제 될 일은 아니었다. 전철 안에서도 치윤은 안전해 보였다. 다섯 정거장을 지나는 동안 타고 내리는 사람들에 밀려 몇 걸음 뒤로 밀려났을 뿐, 누구도 치윤에게 말을 걸거나 물건을 팔지 않았다.

복지관 앞에 정차된 버스도 치윤을 기다려주었다. 문이 열리는 소리에 맞춰 지팡이를 접었고 치윤이 차에 오르기도 전에 보조교사의 도움으로 자리에 앉았다. 버스에서 내린 후에는 두 개의 횡단보도를 건넜고, 십 분 정도를 걸어 집으로 돌아왔다.

현관을 들어선 치윤은 열 걸음을 걸어 창틀로 향했다. 습관처럼 창틀에 올려놓은 화분의 흙을 만졌지만 아침과 별 차이를 느끼지 못했다. 열다섯 걸음을 걸어 화장실로 향한 치윤은 제일 먼저 손을 씻었다. 아침에 입었던 순서와는 반대로 옷을 벗었고, 세탁할 것과 다시 입을 옷을 구분하려 했지만 하루 동안 흘린 땀을 생각하자 모두 세탁기 속에 집어넣었다. 화장실을 나와 침대까지 아홉 걸음. 치윤은 침대 위에 올려놓은 옷으로 갈아입고 라디오의 전원을 켰다.

오늘도, 로 시작하는 진행자의 목소리가 불쑥 튀어나왔지만 치윤과 상관없는 일이다. 언제나처럼 치윤은 의자에 앉기 위해 한 손으로는 마네킹의 어깨를, 다른 한 손으로는 책상 위에 놓인 점판을 잡아끌었다. 서둘러 확인한 점자지에서 아침에 쓰다 만 점자가 만져졌다. 오타가 많은 문장이었다. 고칠 수 없는 점자 대신 마침표를 찍기 위해 의자에 앉았다. 마지막 문장에 세 개의 마침표를 찍었다.

새로운 글을 쓰기 위해 치윤은 점판의 고리를 열어 점자지를 갈아 끼웠다. 점필을 다시 집어 들었지만 첫 문장이 쉽게 떠오르지 않았다. 점필을 쥔 채 망설이는 시간이 길어졌다. 그럴 때마다 애꿎은 점필로 책상을 긁어댔다. 처음에는 실처럼 가늘던 책상의 홈이 제법 굵고 깊어졌다. 치윤이 홈 속으로 새끼손가락을 집어넣었다. 새끼손가락 끝이 홈을 파고들었다. 그 깊이를, 책상에 난 자국과 상처를 치윤은 알고 싶었다. 하지만 치윤이 당장에 표현할 길은 어디에도 없다. 익숙한 공간과 시간이라는 치윤의 미로 속에는 또 다른 미로가 이렇게 존재했다. 크레인 위에 살고 있다는 그녀도 겹겹이 둘러싸인 미로 속에 또 다른 미로가 교묘하게 생겨났다고 말했다. 치윤은 미로의 교묘함을 알지 못한다. 어둠과 사투를 벌인 적 없이, 일상이 어둠이 되어버린 치윤에게 일상의 모든 것이 장애였고, 그 모든 것이 암흑이었다.

첫 문장이 떠오르지 않는 지금도 치윤은 암흑 속에 갇혀 있다.

크레인 위에 살고 있다는 그녀처럼 60미터의 높이에 오르면 어떨까? 아래가 훤히 내려다보이고, 하늘에 떠 있는 둥근 달을 두 손으로 부둥켜안을 수 있다면, 그런 날이 온다면 그날의 첫 문장은 과연 어떻게 시작될까?

치윤이 펼쳐놓은 점자지에 여러 개의 물음표들이 생겨났다. 문장과 문장 대신 물음표만으로 채워지다, 치윤이 쓰기 시작한 첫 문장은 이렇게 시작됐다.

『안마를 하면서 살고 싶지 않아요.』

그리고 다시 읽었다. 읽고 쓰기의 반복, 치윤이 간직해야 할 기억이었다. 그다음 문장을 쓰기 위해 치윤은 왼손을 뻗어 그동안 적었던 점자지를 들춰보았다. 치윤이 간직한 기억들이다. 월식 밑으로 화분이 있고, 화분 밑에 창틀이 있다. 창틀 뒤로 침대가 있고, 침대 옆에 책상이 있다. 그리고 어떤 날의 치윤이 책상에 앉아 울고 있다. 울고 있다고 해서 평상시의 그와 크게 다른 것은 아니다. 그런 날에도 치윤은 어김없이 아침에 일어나 밥을 먹고, 버스를 타고 복지관에 도착했다. 늘 그렇듯 복지관에서 안마를 했고, 점심을 먹고 난 후에는 지하철을 이용해 '김 선생'으로 불리는 안마원에 도착했다. 같지만 다른 안마를 끝낸 후에는 지는 해를 등지고 집으로 돌아왔다. 다른 날도, 또 다른 날의 기록도 크게 다르지 않다.

치윤은 어제 쓴 점자지를 찾기 위해 엄지와 검지를

이용해 점자지를 천천히 밑으로 내렸다. 작게 바람이 일었다. 기록은, 늘 기억을 새롭게 했다. 어제 쓴 그녀에 대한 기억도 그랬다.

"살아서 돌아가고 싶어요." 간신히 연결된 통화에서 크레인 위에 살고 있다는 그녀가 마지막으로 전한 말이었다.

『살아서 돌아가고 싶어요.』

바람 속으로 그녀가 사라졌고, 진행자는 아무런 말도 하지 못했다. 그리고 치윤도, 아무런 말을 하지 않았다. 점필을 쥔 손이 떨렸던 것 같고, 크레인 위의 그녀라면 치윤이 울었던 날들을 기억하며 함께 울어줄 것 같았다. 치윤은 기억을 더듬어가며 그녀의 기록을 다시 읽었다.

『가장 아름다운, 밤. 높이 60미터 달. 살아서 돌아가고 싶어요.』

관측 사상 가장 긴 월식이 있던 지난밤, 치윤이 본 그녀는 "가장 아름다운 밤, 높이 60미터의 달에서 살아서 돌아가고 싶은 사람"이었다.

킹덤

타마타브 항구의 밤이 어둠의 빛을 잃었다. 킹덤이 설치된 후부터였다. 킹덤을 중심으로 양팔을 벌린 채 서 있는 제련소의 정련 시설이 복잡하게 얽혀 있다. 킹덤은 제련소의 머리가 되었고, 킹덤이 거느린 다른 철골 구조물은 제련소의 팔과 다리가 되었다.

제련소 맞은편에는 컨테이너 부두가 들어섰다. 전에는 마을 사람들의 낡은 배가 정박하던 자리였다. 한순간에 선착장을 잃은 사람들은 더 이상 바다에 나가 고기를 잡지 않는다.

시멘트가 깔리고 회색 빛깔의 부두가 생겨났을 때 리켈의 아버지는 연안이 고무줄처럼 늘어났다고 말했다. 머지않아 고무줄이 끊어질 것이고 한번 끊어진 고무줄은 다시 붙일 수 없다고 했다. 이럴 줄 알았으면 배를 사는 게 아니었어, 라고 말하던 리켈의 아버지는 자신이 엄청난 실수를 저지른 것처럼 배를 정박시킬 새로운 부두를 찾아 이리저리 헤매고 다녔다. 리켈은 그런 아버지를 위해 아나운서가 되려 했다. 날씨를 알리는 아나운서가 되어 '오늘은 비가 옵니다. 오늘은 바람이 붑니다. 오늘은 맑습니다'라고 아버지에게 알려주고 싶었다. 하지만 리켈이 아나운서가 된다고 해도 리켈의 아버지는 아들의 모습을 볼 수도 들을 수도 없다. 이와 함께 리켈의 소원도 사라졌다. 리켈의 꿈이 사라지는 동안 부두에는 컨테이너가 즐비하게 늘어섰고 킹덤은 준공식을 하루 앞두고 있다.

리켈은 제련소와 마주한 부두에서 킹덤을 올려다보았다. 킹덤의 불빛이 부두를 환히 비추고 있다. 경유통을 바닥에 내려놓자 안에 담긴 경유가 출렁이며 흔들렸다. 리켈은 두 손바닥을 마주 비볐다. 사람들 눈에 띄지 않게 경유를 훔친다는 게 생각처럼 쉽지 않았다. 준공식 때문인지 마을에 주차된 차들도 많지 않았다. 처음부터 매음굴로 갔어야 했다. 매음굴은 늘 사람들로 붐비는 곳이었다. 리켈은 한 시간 가까이 걸어 매음굴에 도착했다. 세 대의 차에서 경유를 뽑아냈다. 가능한 많은 경유를 담고 싶었지만 거기서 들킨다면 일주일 전부터 계획한 모든 것이 수포로 돌아갈 게 분명했다. 리켈은 훔친 경유를 들고 다시 부두로 향했다. 어두운 거리는 모든 것이 정지된 듯 고요했다. 고요는 킹덤이 들어서기 전의 평화와 닮아 있었다. 낮에는 고기를 잡고, 밤에는 깊은 잠에 빠져들고, 다음 날 아침을 맞는 그런 하루를 떠올리게 했다. 하지만 이미 그런 하루도 킹덤과 함께 사라졌다.

리켈은 생각을 멈추고 바닥에 내려놓은 경유통을 챙겨 들었다. 이제 낮에 사다리를 숨겨놓은 컨테이너를 찾아야 했다. 컨테이너 안에 사다리를 감추고 경유를 훔친 것 모두 부두에 불을 지르기 위해서였다.

리켈은 무리지어 있는 컨테이너를 향해 걸었다. 한 달 전부터 쌓이기 시작한 컨테이너는 리켈의 키를 훌쩍 넘겼다. 저렇게 쌓아두고도 관리하는 사람이 없다는 게 쌩파의 말이었다. 쌩파의 말처럼 ㄷ자 모양의 크레인이 팔을 길게 뻗어가며 컨테이너를 쌓아놓았다. 멀리서 바라본 컨테이너는 킹덤의 먹이 같았다. 컨베이어 벨트를 타고 옮겨진 니켈(Ni)이 컨테이너 안으로 들어갔다. 이 말을 했던 사람도 쌩파다. 쌩파는 칠 년 전 제련소를 짓기 위해 타마타브에 왔다. 칠 년 동안 울창했던 숲이 사라지고 제련소가 들어섰다. 그 사이 여덟 살이었던 리켈은 열다섯 살이 되었다. 리켈은 칠 년 전 쌩파의 얼굴을 기억하지 못했다. 하지만 쌩파는 리켈의 얼굴을 기억한다고 했다.

"그날 너는 발가벗고 있었어. 이 작은 녀석을 내놓고 말이지."

쌩파가 아이들의 얼굴을 기억하는 방법은 아이들이 입고 있는 옷이었다. 검은 피부색을 가진 아이들에게 옷은 흑백사진 위에 덧칠한 물감 같았다. 당시 아무것도 입지 않은 리켈은 쌩파를 보자 호기심에 불쑥 손을 내밀었다. 각인처럼 파인 리켈의 지문 위에 쌩파의 손이 올려졌다. 그 순간, 리켈의 작은 손이 사라졌다. 쌩파는 겁이 났다. 울창했던 숲을 사라지게 했듯이 리켈이 사는 마을도 커다란 손바닥에 눌려 순식간에 사라질 것 같았다. 쌩파는 리켈의 손을 살며시 잡아주었다. 그러자, 그 위로 리켈의 아버지가 쌩파의 손을 잡았다. 또 다른 손이 손을 잡았다.

리켈의 아버지가 쌩파를 향해 웃었다.

봉주르.

쌩파도 아버지의 인사를 받았다.

안녕하세요.

두 사람은 낡은 대문에 걸터앉아 만기디를 마시며 담배를 피웠다. 담배 연기가 두 사람의 얼굴을 감쌌다. 그 사이로 리켈이 다가와 입김을 불어 넣었다. 담배 연기가 허공으로 흩어지고 두 사람의 웃는 얼굴이 보였다, 사라졌다. 쌩파가 돌아간 후 리켈은 아버지에게 쌩파와 나눈 대화에 대해서 물었다.

"나에 대한 이야기. 너에 대한 이야기. 그리고, 그들에 대한 이야기."

그러면 우리 모두에 관한 이야기네. 또 다른 이야기는? 리켈이 다시 물었다.

"그리고, 우리의 피부색에 관한 이야기."

리켈은 낮에 본 쌩파의 피부색을 떠올렸다. 쌩파는 희지도 검지도 않은 피부색을 지녔다.

그래서? 리켈은 아버지의 이야기가 궁금했다.

"우리의 피부색이 검은 건 당신들보다 강하기 때문이라고 했지. 우리가 남의 것을 탐내지 않는 것도 당신들보다 강하기 때문이라고 했지."

리켈은 아버지처럼 강해지고 싶었다. 하지만 강한 아버지보다 커다란 차로 아이들을 태우고 다니는 쌩파가 훨씬 강해 보였다.

제련소와 파이프라인의 공사가 끝난 후, 쌩파는 아이들을 모아 자신의 차에 태웠다.

"지금부터 암바토비 광산까지 달릴 거야. 저기 저 파이프라인을 따라서."

그가 아니면 누구도 해줄 수 없는 일이었다. 아이들이 환호성을 질렀다. 마무리 공사가 한창인 제련소 부지를 지나자 굵은 파이프라인이 끝없이 이어졌다. 아이들이 돌을 집어 던졌다. 챙, 소리와 함께 돌이 튕겨 나왔다. 차에서 내린 아이들이 일제히 파이프를 향해 돌을 던졌다.

챙 챙 챙.

돌이 돌과 부딪히기도 했고 발밑까지 돌이 튕겨 나오기도 했다. 아이들은 제 발밑에 떨어진 돌을 보며 바보처럼 웃었다. 하지만 쌩파는 웃지 않았다. 파이프의 길이가 220킬로미터라고 했을 때도, 꼬박 하루를 걸어야 광산에 도착한다고 했을 때도, 울창했던 숲이 어디로 사라졌는지 물을 때도, 바오밥나무에 살던 동물들이 어디로 갔냐고 물을 때도 웃지 않았다. 아이들은 쌩파의 말을 알아듣지 못했다. 그저 양손을 허공에 휘저으며 '일 레 쌩파(il etait sympa, 친절한 그)'라는 말만 되풀이했다. 그날 쌩파는 아이들이 알아들을 수 없는 자신의 모국어로 말했다. 리켈은 쌩파의 모국어 사이로 느껴지는 침묵을 읽으려 했다. 그의 침묵은 무거웠다. 어쩌면 쌩파가 광산까지, 그러니까 220킬로미터를 달리지 않을 거라는 것도 느낄 수 있었다. 리켈의 짐작대로 쌩파는 중간에 차를 세웠다.

바다가 보였다. 그는 차에서 내려 아이들의 머리를
쓰다듬었다. 쎙파의 손길은 그의 애칭인 쎙파처럼 다
정하고 친절했다.

　리켈은 부두를 두 바퀴나 돌고 나서야 낮에 사다리
를 숨겨둔 컨테이너를 찾을 수 있었다. 컨테이너 안에
서 사다리를 끌어내리며 리켈은 주변을 둘러보았다.
온통 컨테이너뿐이었다. 컨테이너 옆에 사다리를 세
운 리켈은 조심스럽게 사다리에 올랐다. 경유통을 잡
은 손보다 사다리를 잡고 오르는 손에 더 많은 힘이
들어갔다. 기우뚱거리는 리켈의 모습이 파도에 밀려
나는 작은 어선 같았다.
　리켈은 오른손에 들린 경유통을 컨테이너 천장에
먼저 올리고, 이어 컨테이너 위에 올라섰다. 피식, 리
켈의 입에서 웃음소리가 새어나왔다. 컨테이너 위에
올라서면 당연히 보일 거라 기대했던 바다가 너무 멀
리 있었다. 대신, 준공식을 위해 만들어놓은 단상이
눈에 들어왔다. 바다는 그 너머였다.
　리켈에게 '준공식'이라는 단어는 독립기념일을 닮
아 있었다. 독립기념일이 다가오면 모든 사람들이 분
주해졌다. 화려한 단상을 만들고 단상에 걸어둘 끈을
장식하기 위해 바쁘게 움직였다. 쎙파는 준공식이 킹

덤을 위한 행사라고 했다. 하지만, 킹덤은 마을의 전기를 끌어다 쓰고 숲을 파헤쳐 마을 사람들을 떠나게했다. 그리고 리켈의 아버지가 죽었다.

이제 리켈은 쌩파가 전해준 '삶의 반대'라는 책에담긴 '이야기 속의 이야기'에 대해서 조금은 알 것 같았다. 보이는 것 뒤에, 보이지 않는 것. 킹덤이 마을의전기를 끌어다 쓴 날이면 마을이 어둠 속에 갇혔다.그런 이야기 속의 또 다른 이야기였다.

마을 사람들은 킹덤의 불빛을 '꺼질 수 없는 빛'이라고 말했다. 킹덤이 만들어내는 자체발전소 때문이라고는 했지만 발전소에서 생산하는 전력이 부족할때면, 킹덤은 마을의 전기를 끌어다 썼다. 그런 날이면 마을은 어둠에 덮였다. 리켈의 아버지는 암흑이라고 했다. 리켈의 아버지는 암흑이 찾아오면 어김없이할아버지에 대한 이야기를 했다. 마치 할아버지의 이야기를 들려주기 위해 암흑을 기다린 사람 같았다.그리고 사라져버린 부두에 대해서 말했다. 컨테이너부두가 생긴 뒤부터 선착장이 사라져 배가 집을 잃었다고. 그래서 까맣게 잊고 자야 하는 밤에도 잠을잘 수가 없다고 했다. 하지만, 리켈은 암흑 때문이아니었다. 암흑과 함께 사라져버린 아버지 때문도아니었다.

쌩파는 광산에서 캐낸 니켈이 컨테이너에 실리는 순간부터 타마타브는 이곳의 킹덤이 아닌 저들의 킹덤이 될 거라고 말했다.

쌩파가 말한 저들은 키가 크고, 피부색이 검지 않은 사람들이다. 지프차와 화물차를 타고 다니며, 콘크리트로 지은 숙소에서 잠을 잔다. 일주일에 한 번씩 마을로 내려와 맥주를 마시고, 그들이 지나다니는 길목에는 아이들이 몰려든다. 화물차가 지나가면 인력거가 한쪽으로 비켜나야 하고, 차에 부딪혀 인력거가 쓰러지기도 한다. 그들을 위한 천막촌도 생겨났다. 천막촌 마당에 수건이 걸리고 옆에는 여자들의 치마가 펄럭였다. 어떤 날에는 남자들의 바지가 걸리기도 했다. 리켈은 아이들과 함께 마을을 벗어나 천막촌까지 걸었다. 소문에 의하면 집을 나간 아이들의 엄마가 천막촌에 살고 있다고 했다. 아이들은 엄마를 찾기 위해 무리지어 걸었고, 화물차가 서 있는 곳에서 걸음을 멈췄다. 마을 사람들은 그곳을 매음굴이라 불렀다. 아이들은 천막촌 마당에 간판처럼 매음굴이라고 적었다. 아이들이 뒤돌아서자 지나가는 바람을 따라 글자가 사라졌다. 아이들은 서로의 얼굴을 쳐다보며 글자와 함께 날아가 버린 흙을 바라보았다. 잡을 수 없는 순간들이 그렇게 지나가는 동안 매음굴은 콘

크리트 건물로 새롭게 변했다. 누구의 엄마가 그곳에 있는지, 새로 들어온 여자가 누구의 언니이며, 누나인지는 몰라도 이제 아이들은 매음굴이 무엇을 뜻하는지는 알게 되었다.

쌩파는 성장이라고 말했지만, 큰다는 것은 아는 게 많아지는 것이기도 했다. 좋지는 않았지만 그렇다고 싫은 것도 아니었다. 오늘처럼 경유가 담긴 통을 거뜬히 들 수 있는 것도 리켈은 자신이 컸기 때문이라고 생각했다. 스스로를 믿는 순간이기도 했다. 그래서 리켈은 오늘만은 모든 것을 혼자서 하고 싶었다. 컨테이너 안에 사다리를 감추는 것도, 매음굴에 주차된 화물차에서 경유를 뽑아내는 것도, 나중이 아닌 지금 혼자가 되어 이야기 속의 이야기가 되고 싶었다.

컨테이너에 올라선 리켈은 컨테이너 높이만큼 자신의 키가 자란 것 같았다. 처음부터 부두에 불을 내려고 하지는 않았다. 파이프라인에 구멍을 내거나 제련소에 들어가 기계를 멈추게 하고 싶었다. 하지만 파이프라인도 제련소도 쌩파 없이는 접근할 수가 없었다. 파이프라인에 달려 있는 센서가 어떻게 작동하는지 리켈은 쌩파를 통해서 들었다. 작은 구멍이나 충격에도 자동으로 멈출 수 있는 감지기 때문에 아이들에게 주의를 준 것도 쌩파였다. 작은 것 하나까지 세심하게 만들어진 제련소는 땅에 박힌 철골 구조물의 수만큼 복잡하고 정교했다. 공사장 사람들은 수많은 철골 구조물 중 제일 키가 큰 구조물을 킹덤이라 불렀다. 이제 킹덤은 쌩파의 말처럼 암바토비 광산에서 캐낸 모든 것을 삼켜버릴 것이다.

쌩파는 암바토비가 제련소에서 220킬로미터 떨어져 있다고 했다. 리켈은 220킬로미터의 거리를 가늠할 수가 없다. 리켈이 아는 건 하루 종일을 걸어야 도착할 수 있다는 것이다.

노천 광산이라 땅을 파기 편해요. 노천 광산이라 삼십 년 동안 땅을 파헤칠 수 있대요. 노천 광산이라 특별한 기술이 없어도 괜찮아요.

마을 사람들은 서로가 서로에게 이런 이야기를 주고받았다. 구멍 뚫린 배가 바닷가에 버려지고, 찢어진 그물에 발이 걸려 아이들이 넘어져도, 마을 사람들은 새로운 일자리를 찾기 위해 배와 그물을 버리고 광산으로 향했다. 리켈은 땅속에 그렇게 많은 것이 있다고는 생각하지 못했다. 고작해야 바오밥나무의 뿌리가 자라고 있거나 발이 딛고 있는 흙이 땅을 이루고 있다고 여겼다. 그래서 '땅속의 물과 뿌리가 영원하기를'이라는 아버지의 기도를 이해하지 못했다.

리켈은 사다리를 컨테이너 위로 끌어올렸다. 컨테이너 천장은 생각보다 튼튼했다. 걸음을 옮길 때마다 자신을 받치고 있는 철판의 두께를 느낄 수 있었다. 리켈은 다시 제련소와 마주하고 섰다. 바다와 마주한 채 제련소 너머로 보이는 어둠은 마을일 것이다. 마을은 어둠에 놓인 것처럼 언제나 조용했다. 공사를 반대한다거나 원인 모를 죽음에 대한 시위도 없었다.

"후회할 거야. 아이들이 어른이 되었을 때, 그 아이들이 또 아이를 낳았을 때."

리켈의 아버지는 배를 버리고 떠나는 마을 사람들의 등에 대고 이렇게 말했다. 하지만 아무도 아버지의 말을 귀담아 듣지 않았다. 앞으로 삼십 년 동안, 아니 오십 년이 넘어도 아버지의 말을 기억하는 사람은 없을 것이다.

경유통의 뚜껑을 열자 비릿한 석유 냄새가 올라왔다. 리켈은 커다란 원을 그리며 컨테이너 위에 경유를 부었다. 경유가 컨테이너 요철 사이를 타고 바닥으로 흘러내렸다. 리켈은 불길에 휩싸이는 부두를 상상했다. 허둥대며 불을 끄는 사람들을 생각했고, 다시 미뤄야 하는 준공식을 떠올렸다. 흙먼지가 쌓일 단상과 아무렇게나 나뒹굴 의자와 그 위에 내려앉을 빛바랜 끈들도 그렸다. 리켈은 자신이 만드는 이야기 속의 이야기가 떠오르자 입가에 미소가 번졌다.

숲을 파헤치고 제련소가 세워지는 동안 현장 사람들은 지독히도 열심히 일했다. 하루에 다섯 시간 정도 잠을 잔다는 쌩파의 말에 리켈의 아버지는 그물을 깁던 손을 놓았다. 긴 한숨과 함께였다. 그런 현장이었지만 마을 사람들은 공사장 인부로 일하고 싶어 줄을 섰다.

많은 사람들이 인력거를 팽개치거나, 그물을 던져 놓았다. 그들이 찾아간 곳은 공사장 입구에 들어선 '인력양성소'였다. 어쩌다 일용직으로 일하게 되면 하루 종일 자랑을 해댔다. 하지만 누구도 사라진 숲에 대해서, 파헤쳐진 땅에 대해서, 사고로 불구가 된 이웃에 대해서는 말하지 않았다. 리켈의 아버지는 그들의 짧은 영웅담을 들으면서 타이르듯 말했다.

"나는 어부야. 너도 어부였고."

리켈의 어머니가 눈을 흘겼다.

"어부지. 어부라서 가난하고, 어부라서 아이들이 학교에 다니지 못하지."

찢어진 그물 사이로 고기가 빠져나가고 그 자리에서 그물을 손질해야 했던 아버지는 찢어진 그물 탓도

멎을 줄 모르는 바람 탓도 하지 않았다. 나중을 기다
릴 줄 알아야 하는 게 어부라던 아버지는, 나중을 위
해 그물을 깁고 낡은 배에 기대어 풍랑이 멎기를 기
다리는 것도 어부의 일이라고 말했다. 아버지는 나중
이라는 말에 힘을 주었고 수줍게 웃었다. 그러나 뭐
든지 할 것 같은 나중도 나중에 죽을 수는 없다는 게
아버지의 말이었다.

"정확히 말하면 리켈, 이건 네 할아버지가 했던 말
이란다."

이렇게 말한 아버지는 킹덤이 가져간 불빛 대신 암
흑으로 뒤덮인 밤이면 들려주던 할아버지의 이야기
를 다시 꺼냈다.

"네가 태어나기 전이었어. 네 엄마를 만나기 전이었
고, 내가 어부가 되기 전이었지."

리켈은 아버지의 얼굴을 올려다보았다. 그다음에
이어질 말은 '그러니까, 네 할아버지가 나만큼 젊었을
때였어'라는 것을 리켈은 잘 알고 있었다.

"그러니까, 네 할아버지가 나만큼 젊었을 때였어."

어김없는 아버지의 말에 리켈이 큰 소리로 웃었다.

"그날 왜 아버지가 거기에 갔는지 모르겠어. 왜 맨
앞에 섰는지도 모르겠고……."

총에 맞아 피를 흘리는 할아버지를 인력거에 실어

오면서 아버지는 눈물이 났다고 말했다.

"리켈, 가난은 말이지 우리가 가진 모든 것을 풍요롭게 한단다. 배고픔도, 더위도, 피곤도, 기다림도 이 모든 것을 차고 넘치게 할 수 있는 게 바로 가난이란다."

아버지는 이 또한 할아버지가 죽어가면서 남긴 말이라고 했다. 가난이 주는 풍요로움에서 벗어나기 위해, 내 것을 지키기 위해, 안타나나리보에 갔다는 할아버지는 민주화를 외치는 사람들 틈에서 목소리를 높였다. 두 손을 번쩍 들어 올리며 자유를, 민주주의를 외쳤지만 정작 할아버지가 하고 싶은 말은 평생을 어부로 살게 해달라는 말뿐이었다,

"어부로 살고 싶은데, 그러기 위해선 배가 있어야 하는데, 아무리 고기를 잡아도 배를 살 수가 없구나……."

배야 나중에 사면 되죠. 그리고 거기에 간다고 배를 살 수나 있구요? 라고 물었던 게 아버지의 마지막 물음이었다.

"애야, 뭐든지 할 것 같은 나중도, 나중에 죽을 수는 없단다."

이 말을 끝으로 할아버지는 리켈의 아버지가 끄는 인력거 안에서 죽었다.

평생을 어부로 살고 싶었던 할아버지가 왜 시위 현
장에 갔는지 궁금했던 아버지처럼, 리켈은 매 순간
아버지의 죽음에 대해서 묻고 또 물었다.

　아버지의 시체가 발견된 곳은 컨테이너 부두였다.
아버지의 죽음이 거짓말 같은 이유도 이 때문이었다.
리켈뿐만이 아니었다. 어부로 살겠다는 아버지가 바
다도 쪽배도 아닌 부두에서 발견되었다는 말에 리켈
의 어머니는 아무런 말도 하지 못했다.

　그날 밤에도 정전이 있었다.

　암흑이 시작되자 리켈의 가족은 이른 잠을 청했다.
밤에는 모든 걸 까맣게 잊고 자야 하는 거야, 라는 아
버지의 목소리가 들리는 듯했다. 아침이 되어도 리켈
의 아버지는 보이지 않았다. 새벽부터 바다에 나갔을
거라는 생각으로 리켈의 가족은 하루를 보냈다. 하지
만 리켈의 아버지는 시멘트 포대에 덮인 채 화물차에
실려 왔다. 화물차를 둘러싼 사람들 사이로 쎙파가
차에서 내렸다. 굳은 표정이었다. 리켈의 아버지가 발
견된 곳이 부두라는 말은 쎙파가 전했다. 운전석에는
쎙파 말고 두 명의 남자가 더 앉아 있었다. 그중 운전
대를 잡은 남자가 리켈의 아버지를 맨 처음 보았다고
했다. 남자는 만기디를 마시고 있었다. 남자가 본 그

대로를 전한다는 쌩파는 컨테이너를 쌓아둔 옆에 리켈의 아버지가 쓰러져 있었다고 했다. 그날은 밤늦도록 컨테이너 하역 작업이 있었다. 쌩파는 부두에 쓰러진 아버지를 남자가 발견했다며 손짓으로 차 안을 가리켰다. 간밤의 정전은 부두의 하역 작업 때문이었다.

리켈은 처음부터 끝까지 쌩파가 전하는, 그러니까 남자가 본 장면을 믿을 수가 없었다. 리켈의 어머니가 바닥에 주저앉아 넋놓고 있는 사이 마을 사람들은 리켈의 아버지를 화물차에서 내렸다. 아버지를 덮은 건 여전히 시멘트 포대였다.

사람들은 제일 먼저 아버지의 주머니를 뒤졌다. 주머니에서는 아무것도 나오지 않았다. 1달러도, 1말라가시 프랑도 없었다. 한 마리의 고기도 잡지 못한 어제였다. 그물이 낡아서였을 것이다. 아니면 쪽배를 같이 타고 갈 동료가 없어서인지도 모른다.

아버지는 가난한 어부였다. 가난은 아버지의 말처럼 모든 것을 풍요롭게 했다. 죽음도, 헤어짐도, 눈물도, 작고 초라한 집안에 가난의 흔적이 차고 넘쳤다. 리켈은 시멘트 포대를 들춰 아버지의 얼굴을 내려다보았다. 미간에 굵게 잡힌 주름 사이로 붉은 피가, 하지만 검게 보이는 피가 굳어 있었다. 무표정한 아버지는 할아버지의 말처럼 나중에 죽을 수 없다는 걸

보여주고 있었다.

리켈은 한 잔의 만기디도 살 수 없었던 아버지의 날들을 떠올렸다. 바람에 뒤집힌 쪽배의 등에 걸터앉아 그물을 깁고 있었던 것도 같고, 모래 바닥에 할일 없이 낙서를 했던 것도 같다. 리켈은 시멘트 포대를 아버지의 머리끝까지 끌어다 덮었다. 아버지의 가는 발목과 긁히고 아물기를 반복하며 생긴 굳은살이 그대로 드러났다.

만기디를 마시던 남자가 차에서 내려 아버지의 발밑에 쌀과 생수를 내려놓았다. 쌀과 생수를 내려놓는 순간에도 남자는 만기디를 마셨다. 리켈은 남자의 만기디를 뺏어 바닥에 내던졌다. 만기디의 뚜껑이 힘없이 열리고 바닥에는 누런 액체가 번졌다. 쌩파도 마을 사람들도 일제히 리켈과 남자를 쳐다보았다.

"아저씨 이건 피로회복제예요."

리켈은 아주 작은 목소리로, 죽어서 누워 있는 아버지에게만 들릴 정도로 작게 말했다. 남자는 리켈의 말을 알아듣지 못했다. 여기, 우리 아버지는 죽었구요. 이건 피로회복제라구요. 땅에 떨어진 만기디를 집어든 건 쌩파였다. 쌩파는 남자의 팔을 잡아끌어 운전석에 앉혔다. 화물차는 킹덤을 향해 달렸다. 걸어서 한 시간, 차로 20분 거리의 킹덤이 그들에겐 가장 안전한 곳이었다.

장례가 치러지는 동안 킹덤에서 온 사람은 쌩파뿐
이었다. 쌩파는 리켈을 밖으로 불러냈다. 리켈의 하얀
치아와 눈동자가 어둠을 밝혔다. 쌩파가 리켈의 손을
잡아주었다. 위로였던 걸로 리켈은 기억한다. 이어 쌩
파는 리켈의 손에 두 권의 책을 들려주었다. 어둠 때
문인지 책의 제목이 보이지 않았다. 하지만 안으로
들어오자 골목이 어두웠다기보다 한 번도 발음해 보
지 못한 '렁베르 들라 비(L'Envers de la vie)'라는 낯선
단어 때문이라는 것을 알 수 있었다.

아버지의 장례식은 일주일 동안 치러졌다. 정확히
말해 쌩파가 오고 나서야 장례식을 마무리할 수 있
었다. 그날은 장례식의 마지막 날이기도 했지만, 죽
은 사람에게 사과해야 할 사람을 기다리는 마지막 날
이기도 했다. 쌩파가 조금만 늦었어도 마을 사람들의
성화에 아버지의 무덤을 다시 파헤쳤을지도 모른다.
리켈은 그런 수고를 덜어준 쌩파가 고마웠다. 고마워
요. 쌩파. 쌩파는 리켈의 인사가 자신이 건넨 책에 있
다고 생각했다.

언젠가 리켈이 아버지에게 물었다.

"왜 저들은 우리가 항상 웃고 있다고 생각하죠?"

쌩파가 아이들의 모습을 카메라에 담던 날이었다.

"그건, 우리들의 얼굴이 검기 때문이야. 검은색은 사람들에게 잘 읽히지 못한단다. 그래서 이렇게 화를 낼 때도 그들은 우리가 웃고 있다고 생각하지."

그러니, 웃어라였는지 그러니, 웃지 마라였는지 아버지는 더 이상 말을 잇지 않았다. 리켈은 장례식이 끝나고 돌아가는 쌩파를 향해 웃어주지 않았다. 하지만 쌩파는 리켈이 웃고 있다고 생각했다. 쌩파가 리켈의 머리를 쓰다듬었다. 그날의 쌩파는 '일 레 쌩파'가 아니었다.

쌩파가 타마타브를 떠난 건 준공식을 두 달여 앞둔 날이었다. 쌩파는 한국으로 돌아가게 되었다며 아이들을 불러 모았다. 쌩파가 아이들에게 손을 내밀었다. 검게 탄 쌩파의 손은 크고 두툼했다. 아이들이 모두 돌아가고 차 안에는 쌩파와 리켈이 남았다.

쌩파는 작별인사 대신 아버지의 장례식 날 전해준 책에 대해서 물었다. 리켈은 쌩파의 기대와 달리, 한 장도 읽지 못했다. 장례식이 끝난 뒤에야 책의 제목이 '렁베르 들라 비'였다는 것과 그림이 그려진 다른 한 권이 쌩파의 모국어인 한국어로 쓰였다는 것을 알았다. 어디까지 읽었어? 라는 쌩파의 질문에 리켈은 전

혀 읽지 않았어요, 라고 말했다. 쌩파는 '렁베르 들라
비' 대신 '삶의 반대'라고 말하며 언젠가는 꼭 읽기를
바란다고 당부했다.

리켈이 '삶의 반대'를 읽은 건 쌩파가 한국으로 떠
난 뒤였다. 쌩파가 보고 싶은 것도, 쌩파가 그리운 것
도 아니었다. 한 페이지를 읽는 데 이틀이 걸렸다. 그
다음 날에는 겨우 다섯째 줄까지 읽다가 책장을 덮었
다. 책장을 덮을 때마다 리켈은 표지에 새겨진 '렁베
르 들라 비'라는 제목과 수없이 마주쳤다. 어느 날부
터는 손가락으로 짚어가며 '렁베르 들라 비'를 천천
히 발음해 보았다.

삶의 반대.

죽음이라면 모를까. 리켈은 삶에 대해서는 한 번도
생각해보지 않았다. 자신이 잘 알고 있는 죽음의 반
대말이 살아가는 것이라는 생각이 들자 그러면 삶의
반대가 죽음인가, 라고 스스로에게 물었다. 그 순간
낯설지 않은 감정이 몰려왔다. 아버지의 시체가 컨테
이너 부두에서 발견된 이후 리켈은 처음으로 스스로
에게 묻고 있었다.

리켈은 경유통을 거꾸로 세워 들었다. 계획대로라

면 삼단 높이의 컨테이너까지 올라가야 했지만, 경유통의 바닥이 드러난 이상 다른 컨테이너에 올라가는 건 무의미했다. 이제 남은 일은 부두로 내려가 컨테이너 주변과 바닥에 남은 경유를 붓는 것이다.

리켈은 화려한 제련소의 불빛을 볼 때마다 아버지의 생각과 달리 연안이 고무줄처럼 끊어지지 않을지도 모른다는 생각이 들었다. 아버지도, 쎙파도, 그 많던 쪽배도 사라진 이곳은 아버지의 기대와 다른 이야기가 쓰이고 있었다. 그렇게 둘 수는 없었다.

준공식을 앞둔 일주일 전, 리켈은 도무지 넘어가지 않는 '삶의 반대'의 어느 한 문장을 뒤로 하고 책의 마지막 페이지를 펼쳤다.

"가난보다 추할까."

누가 누구를 향해 쓴 말인지 리켈은 알 수가 없었다. 하지만 리켈은 아버지의 가난을 보았고, 아버지가 보았다는 할아버지의 가난을 보았다. 할아버지의 가난이 배를 사지 못했던 것처럼, 아버지의 가난은 배를 정박할 곳을 찾지 못했다. 할아버지가 안타나나리보에 간 것도 그런 이유였고, 아버지가 컨테이너 부두에 간 것도 그런 이유였으리라. 그날, 책장을 덮은 리켈은 할아버지의 가난과 아버지의 가난이 죽음과 연결된 끝을 보았다.

부두로 내려온 리켈은 경유통의 뚜껑을 열어 컨테이너 옆에 경유를 뿌렸다. 바닥에 번지는 경유의 색깔은 검지도 희지도 않았다. 회색의 시멘트 바닥에 뿌리자 경유는 회색으로 변했고, 노란색 컨테이너에 뿌리자 노란색이 되었다. 그 옆 파란색 컨테이너에 뿌리자 경유는 파란색이 되었다. 이제 불이 붙은 경유는 붉은색을 띠며 타오를 것이다.

리켈은 주머니에 넣어둔 라이터를 꺼내며 킹덤이 들어서기 전의 부두를 떠올렸다. 하지만 아무것도 기억나지 않았다. 리켈이 기억하는 건 '땅속의 물과 뿌리가 영원하기를'이라는 아버지의 기도뿐이었다. 이 모든 것을 위해서라고 해두자. 공사장 부지에서 일어난 죽음이 아버지만이 아니었듯이, 이 땅에서 죽어간 것이 사람만이 아니었듯이. 리켈은 라이터를 켜며 아버지의 기도처럼 '땅속의 물과 뿌리가 영원하기를'이라고 중얼거렸다. 그리고 천천히 숫자를 세기 시작했다.

하나 둘 셋.

셋과 동시에 리켈은 라이터를 떨어뜨렸다.

금방이라도 활활 타오를 것 같던 경유에선 불길이 일지 않았다. 지금까지 아무 일도 없었다는 듯, 그렇게 멈춰 있었다.

　리켈은 천천히 뒷걸음질을 쳤다. 그러다, 죽은 자가 잠에서 깨듯 서서히 일어나는 불길을 보았다. 리켈은 뒤를 돌아 출구를 향해 뛰었다. 빠르게 뛰어가는 리켈의 발소리가 부두 안으로 길게 퍼졌다. 불길은 리켈이 부두를 벗어나자 순식간에 컨테이너와 부두를 덮쳤다.

　부두를 빠져나온 리켈은 뒤를 돌아보았다.

　바람을 만난 파도처럼 넘실대는 불길이 킹덤을 먹어대고 있었다. 불길이 또 다른 이야기를 만들고 있었다. 좁은 길을 만들다, 커다란 원을 그리며 불이 불을 토해냈다. 그 너머로 사라진 숲이 나타났다. 리켈은 킹덤 너머에 살고 있는 또 다른 킹덤이 일어나는 모습을 보았다. 그 속에서 리켈의 할아버지와 아버지가 깨어나 걷고 있다. 리켈은 양손을 모아 입에 대고 할아버지를 향해, 아버지를 향해, 자신의 소원을 외쳤다.

그날 이후로

금령은 예나 지금이나 봄이 되면 차밭에 올라 찻잎을 딴다. 지금에야 산 중턱에 정자도 세우고 바위가 닳아 의자 구실을 하고 있지만, 금령이 젊었을 때만 해도 녹차밭에는 마땅히 쉴 만한 곳이 없었다. 금령이 힘겹게 차밭에 오른다고 했을 때 마을 사람들은 감나무를 심어 곶감을 만들어 팔라고 권했다. 하지만 금령은 산에 올라 찻잎을 땄다. 아무리 힘이 들어도 멀리 강물이 내려다보이는 차밭이 좋았다. 찻잎을 따는 봄이 가면, 또 봄을 기다렸다. 겨울은 길고 무서웠다. 더욱이 녹차나무가 눈에 뒤덮일 때마다 금령은 자신의 어린 시절과 마주하는 것 같았다.

　이틀 만에 방문을 나서는 오늘 새벽, 금령은 어릴 적 기억을 밀어내려 고개를 가로저었다. 다다미 넉 장

119

크기의 나무로 지은 막사. 빛조차 들지 않는 방. 알아들을 수 없는 이국의 언어. 요강을 비우기 위해 밖으로 나왔지만 금령을 괴롭히는 기억이 다시 찾아왔다.

마당으로 내려온 금령은 반쯤 열린 대문을 보자 리엔을 떠올렸다. 리엔은 하루에 한 번씩 금령을 찾아와 금령의 이름을 불렀다. 할머니…, 금령 할머니. 그렇게 이름만 부르다 돌아간 리엔이었다. 하지만 오늘은 금령을 찾기 위해 방 안으로 들어올 것이다.

금령은 리엔을 생각하며 대문을 활짝 열었다. 리엔은 지난주부터 오늘을 기다렸다. 오늘 수업을 위해 여러 편의 시를 지었다며 금령을 볼 때마다 자랑을 늘어놓았다. 금령은 요강을 마당에 내려놓고 그 위에 돌을 올렸다. 안을 비워야 했지만 빈속에 오줌 냄새를 맡고 싶지 않았다. 이틀 동안 금령이 먹은 거라고는 물과 간장에 비빈 밥 한 공기가 전부였다. 그래서인지 모든 냄새가 역했다. 금령은 마당의 수도꼭지를 틀어 손을 씻었다. 리엔이 오려면 서너 시간 정도의 여유가 있었다. 그전에 차밭에 갔다 와도 늦지 않을 것이다. 금령은 방으로 들어가 가방을 챙겼다. 책과 공책을 가방에 넣고, 필통을 열어 세 자루의 연필과 지우개를 확인했다. 가방을 양 어깨에 둘러메자 거울 속으로 금령의 가방이 보였다. 이제 아무리 허리를 펴려고 해도 금령은 허리를 펼 수가 없다.

마루에 걸터앉은 금령의 발이 고무신 코를 건드리자 고무신이 제자리에서 갈팡질팡 흔들렸다. 금령은 천천히 발을 넣었다. 밖으로 나오자 바람이 찼다. 여밀 옷깃이 없자 낡은 스웨터의 보풀만 애써 떼어냈다.

마을은 조용했다. 말하고 있는 건 새벽 공기와 꺾어 신은 고무신이 땅을 끄는 소리였다. 귀 밝은 개가 멀리서 짖었다. 한 녀석이 짖기 시작했으니 서로가 서로에게 짖어댈 것이다. 금령은 고무신을 바로 신었다. 마을을 벗어나자 자갈이 많은 물소리가 났다. 깊지 않은 냇가를 따라 걷다 보면 거짓말처럼 강이 시작됐다. 금령은 그 길을 따라 마을에서 차밭까지 걸어 다녔다. 다원에서 이동차량을 보내주는 날도 있었지만 어차피 찻잎을 따는 날은 날씨가 좋은 날이다. 금령은 좋은 날, 이 강을 만나기 위해서 걸었다. 강이 끝나자 바위틈에서 자란 야생차나무가 차밭으로 가는 길을 안내했다. 차밭의 뒤로 또 다른 산이 병풍처럼 둘러쳐 있어 산이, 산을 품었다. 금령은 굽은 허리를 펴가며 자신이 오를 차밭을 가늠했다. 하지만 금령의 굽은 허리는 하늘도, 산을 품고 있는 또 다른 산도, 올려다보지 못했다.

밭에는 금령 외에 아무도 없었다. 곡우도 넘기고 오월 중순이 코앞이니, 첫물차도 아니고 새벽이슬까지 생각해가며 잎을 따낼 사람은 없었다. 금령이 서둘지 않았어도 사람들은 정오가 가까워질 무렵에야 차밭에 올랐을 것이다. 금령은 녹차나무 앞에 섰다. 찻잎의 머리가 금령의 무릎에 닿았다. 금령은 마디가 굵은 손가락으로 찻잎을 쓸었다. 살아 있는 것들은 거칠지만 따뜻하다. 생기였다. 금령이 한 잎 한 잎 찻잎을 따내자 녹차나무가 작게 흔들렸다. 금령은 찻잎을 따다 말고 강물을 마주 보았다. 강물 위에는 작은 물결이 일렁이고 있을 것이다. 물결은 바람을 따라 오고 가고, 또 가고 왔다. 그렇게 조금씩 제자리에서 벗어나는 강물을 금령은 육십 년이 넘게 바라보고 있다.

한 달 전, 금령이 작은 목소리로 육십 년이라고 리엔에게 말해 주었을 때, 리엔은 엄마야! 하며 몸을 뒤로 젖혔다. 정말이에요? 라고 리엔이 되물었을 때, 금령은 대답 대신 고개를 가로저었다. 거짓말이라고 말해 주고 싶었지만, 그건 사실이었다. 금령은 자신이 이 마을에 온 지, 육십 년 하고 이 년이 지났는지 삼년이 지났는지 헤아리지 못했다. 금령할머니 그래서

그날 이후로

서울 가요? 라고 리엔이 되물었을 때, 무슨, 그래서 가나. 볼일이 있어서 가지, 라고 금령이 말했다. 리엔은 금령의 말이 끝나자마자 금령할머니 서울 간대요, 라고 외쳤다. 찻잎을 따던 사람들이 일제히 금령을 쳐다보았다.

그날 이후 마을 사람들은 금령의 볼일을 알아내기 위해 그녀의 주위를 맴돌았다. 금령의 외출은 흔한 일이 아니었다. 금령이 리엔과 한글을 배우기 위해 읍내에 간다고 했을 때도 마을 사람들은 금령의 주위를 맴돌았다. 누군가 금령의 과거를 기억해내려 했지만 쉬운 일이 아니었다. 사람들은 오래전 젊은 금령이 했던 말들 대신 자신들이 물었던 질문들을 떠올렸다. 고아? 그럼, 결혼은? 금령은 아무런 말도 하지 않았다. 찾아오는 사람이 없어도 고아는 아니었고, 남편이 없어도 결혼은 했었다. 아무것도 없는 현재였지만 금령의 과거는 복잡했다. 사실 위안부라는 말도 금령은 몇 년 전 TV를 보고 알았다. 그전까지 금령은 자신이 누구였는지 정리하지 못했다. 돈을 벌겠다고 집을 나간 어린 금령이었는지, 하루에 스무 명이 넘는 남자를 상대해야 했던 기막힌 금령이었는지, 부모한테 버림받은 젊은 금령이었는지, 이제는 죽을 날 기다리는 늙은 금령인지, 자신도 알고 싶었다. 어쨌든 금령은 죽고 싶은 순간의 많고 적음이 살아 있는 명줄과 상관없다는 것을 알고 있다. 다시 오래전의 질문들이 금령에게 쏟아졌다. 작은 파문이었다. 왜 서울에 가는데? 서울에 누가 있나? 금령은 다시 침묵했다. 그렇게 유난을 떨던 마을 사람들은 정작 금령이 언제 서울에 가는지 묻지 않았다. 리엔이, 그런데 언제 가요. 서울? 하고 물었을 때에야 그러게 언제 가는데 서울? 하고 물었다. 금령은 또다시 침묵했다. 없었던 일로 돌아가는 가장 빠른 길은 침묵이었다. 금령의 서울 나들이는 이틀 만에 사람들의 관심에서 사라졌다. 금령은 마을 사람들이 조용해진 후에야 기억을 더듬었다. 서울이 초행길은 아니었다. 그러니까 청계천. 청이 무슨 뜻인지는 몰라도 개천이라는 말에 가슴이 뛰었다. 개천을 보러 간다고? 마을 사람들 틈에서 금령이 처음으로 자기 목소리를 냈다. 그럼 나도 갈란다. 서울.

며칠 후 마을에 버스가 왔다. 서울로 가는 버스였다. 산 너머로는 처음이었다. 금령은 저 너머에 무엇이 있는지는 알고 싶지 않았다. 산 너머에 개천이 없을 리 없겠지만, 있다는 생각을 잊고 살았다. 금령은 용기를 냈다. 흰 자갈 위에 빨래를 말리던 곳, 강둑 바위에 앉아 소꿉놀이를 하던 곳. 그런 개천을 그

그날 이후로

렸다. 그런 곳이 서울 한복판에 있다니. 버스는 빨랐
지만 금령의 마음을 따라잡지 못했다. 마음이 세월을
거슬러갔다. 어린 금령이 돈을 벌겠다며 집을 떠났다.
그것은 손에 들린 작은 보따리만큼 간단한 일이었
다. 너무 추워 가족과 헤어지는 일이 슬픈지도 몰랐
다. 희망에 속았는지도 모른다. 어린 금령은 이틀 동
안 기차를 탔다. 퉁퉁 부은 다리를 주무르는 금령의
손이 빨갛게 얼었다. 나무로 지은 막사에 도착한 어
린 금령은 어째서 사람의 사는 일이 이리 간단치 않
은가, 묻고 또 물었다. 그러다 어째서 사람의 죽는 일
은 이리 간단치 않은가, 를 늙은 금령은 반복해서 묻
고 있다.

　버스는 청계천에서 멈췄다. 문이 열리고, 젊은 여자
가 버스에 올랐다. 여자 가이드는 친절했다. 제가 멀
리서도 알아볼 수 있게 이걸 목에 걸어주세요. 마을
사람들은 가이드가 건네는 명찰을 목에 걸었다. 마
을 사람들이 가이드의 안내를 받으며 버스에서 내렸
다. 그냥 물길이었다. 아주 오래전, 그러니까 서울이
한양이 되기 전부터 청계천은 있어 왔다고 가이드가
설명했다. 원래는 도성 안의 쓰레기를 배출하는 하수
도 역할을 했다는 이야기와 함께 일제강점기 청계천
을 중심으로 이쪽은 한국인, 저쪽은 일본인이 살았

다고 덧붙였다. 이쪽도 저쪽도 이제는 모두 높은 건물들뿐이다. 마을 사람 누구도 가이드의 설명을 귀담아 듣지 않았다. 사람들이 기억하는 건 복개된 계천을 다시 파헤친 거대한 힘이었다. 가이드가 힘주어 말하는 것도 그것이었다. 이제는 옛날과 달리 깨끗한 물이 흐른다고. 그래서 직장인들은 물론 여행객들에게도 휴식을 제공하고 있다고. 세상에나 서울이 달리 좋은 게 아니네. 물 나와라 하면 물 나오고, 차 나와라 하면 차 나오고. 누군가 끊임없이 꼬리를 물고 다가오는 차를 보며 감탄하듯 중얼거렸다. 금령도 신기했다. 이어 물길 위로 요란한 음악 소리가 들렸다. 직장인들을 위한 음악회, 라는 가이드의 설명이 음악 소리에 묻혔다. 하나둘 거리의 사람들이 음악회 주변으로 몰려들었다. 금령은 귀를 막았다. 가이드가 물길을 따라 걸어보라고 했지만, 금령도 마을 사람들도 음악 소리와 멀어지기 위해 뒤돌아 걸었다. 청계천에는 물보다 사람이 더 많았다. 사람보다 건물이 더 많았다. 건물보다 차가 더 많았다. 그래서 시끄러웠다. 서울은 건물과 사람과 차로 이루어진 도시였다. 버스에 오른 사람들은 여기 말고 더 좋은 데를 찾았다. 물과 사람과 건물과 꼬리를 잇는 차 말고, 시끄러운 악기 소리 말고, 다른 곳. 가이드는 청계천을 중심으로

두세 군데 더 돌아볼 예정이라고 말했다. 마을 사람들을 태운 버스가 붉은색 건물 앞에 섰다. 가이드가 손짓으로 창밖을 가리켰다. 저기 맞은편으로 보이는 건물이 일본 대사관입니다. 수요일마다 위안부 할머니들이 모여서 집회를 하고 있어요. 가이드의 설명대로 건물 앞에는 노인들이 의자에 앉아 있었다. 금령처럼 나이 든 여자들이었다. 그 뒤로는 교복을 입은 여학생들이 서 있었다. 학생들 머리 위로 커다랗게 새겨진 글자들이 흰색의 천 위에서 깃발처럼 펄럭였다. 노인 한 분이 마이크를 쥐고 큰 소리로 외쳤다.

"일본은 위안부 사실을 인정하고, 사죄하라."

버스 안으로 노인들의 목소리가 새어들었다. 사죄하라. 사죄하라. 금령의 심장이 빠르게 뛰었다. 금령이 육십 년 넘게 숨기며 살아온 일들이 소리를 내고 있었다. 금령은 하늘 아래 이런 곳이 있다고는 생각하지 못했다. 그런데, 그런 사람과 그런 곳이 있었다. 금령의 심장이 더 빠르게 뛰었다.

난 군인들이 방에 들어오면 눈을 감아. 얼굴을 안 보면 낫지 않을까. 너는? 난 절대로 눈을 감지 않아. 똑바로 봐야지. 그래야 길을 가다 만나도 때려줄 거 아니야. 그러니까 너도 눈을 감지 마. 아니, 난 그렇지 않아. 내가 그 사람 얼굴을 기억하지 못하면 그 사람도 날 기억하지 못할 거 아냐. 내가 여기 있는 거 아무도 몰라야 해.

날이 새면, 해가 지면, 어린 금령은 아이들과 이런 이야기로 시간을 견뎠다. 밖에 나가 살 궁리였다. 그러면 심장이 뛰었고, 기분이 좋아졌다. 고향에서 보던 꽃도 보고, 물도 보고, 엄마도 아빠도 어린 동생들도 보고 싶었다. 보고 싶은 게 너무 많았다. 어린 금령은, 금령처럼 어린 아이들은, 견뎌내기 위해 눈을 감았고, 견뎌내기 위해 눈을 뜨며 기억했다.

마을로 돌아오는 버스 안에서 금령은 대사관 앞에서 본 노인들 중 누가 자신처럼 눈을 감으려 했는지 알고 싶었다. 아니면 누가 눈을 뜨려 했는지 궁금했다. 그러기 위해선 말을, 글을 배워야 할 것 같았다. 상처를 드러내기 위해서 말을 배워야 할 것 같았고, 말을 듣지 못하는 사람들을 위해서 글을 배워야 할 것 같았다.

다시 갈 수 있을까?

서울을 다녀온 이후 금령은 다시 그곳에 가고 싶었다. 리엔만이 금령을 믿어주었다. 서울, 나도 가봤어요. 서울에서 오빠 만났어요. 그다음 날 여기 왔어요. 오빠랑. 리엔은 제 나이보다 갑절이 많은 남편을 그렇게 불렀다. 리엔은 요즘 들어 남편의 이야기를 할 때마다 자신의 배 위에 손을 올렸다. 리엔이 산부인과에 다녀온 지 보름이 지난 뒤였다. 리엔, 배가 나오려면 아직은 더 있어야 해. 금령이 리엔의 손을 잡아 내리며 말했다. 그럴수록 리엔은 금령을 향해 배를 내밀었다. 아니에요. 나왔어요. 보세요. 이만큼 나왔어요. 리엔이 크게 웃자 리엔의 고르지 않은 치아가 드러났다. 금령도 리엔을 따라 웃었다.

리엔이 임신했을 때 제일 기뻐한 사람은 리엔의 남편이었다. 신작로를 들어설 때부터 환하게 웃는 그의 모습이 마을 전체를 밝힐 듯했다. 그날 이후 리엔은 남편과 같이 걷는 일이 잦았다. 남편이 앞서 걸으면 리엔이 그 뒤를 따랐다. 그러다 리엔이 성큼 다가가 남편의 손을 잡았다. 리엔의 행동에 볼이 벌게진 남편은 주변을 둘러보며 리엔의 손을 조심스럽게 놓았다. 리엔이 입을 샐쭉거렸다. 하지만 그때뿐이었다. 리엔은 다시 다가가 남편의 손을 잡았다. 잡고, 뿌리치기를 반복하는 두 사람의 뒷모습에선 갑절이라는 나이 차이도, 리엔이 바다 건너 피부색이 다른 나라에서 왔다는 것도, 드러나지 않았다.

임신을 한 후 리엔은 다원에서 보내주는 버스를 타고 차밭에 올랐다. 그러다 혼자 길을 걷는 금령을 보면 차에서 내렸다. 할머니. 같이 가요. 리엔은 금령의 손에 들린 바랑을 제 어깨에 멨다. 말이 서툰 리엔은 자주 웃었다. 긴 질문이나 대화에는 '예', '아니오'로 짧게 대답했고, 시간이 지나자 '사랑해요'와 '좋아해요'를 자주 넣어 말했다. 드라마, 한국 드라마, 많이 좋아요. 금령도 가끔 리엔에게 말했다. 그래 리엔, 나도 네가 좋아. 서울에 가면 너한테만은 꼭 말해줄게. 하지만 금령은 아무에게도 말하지 않았다.

이틀 전 새벽, 금령은 무작정 집을 나섰다. 한 시간을 넘게 기차를 기다리는 동안 금령은 사시나무 떨듯 몸을 떨었다. 좋은 생각만 하자던 마음이 기어코 사라졌다. 청계천을 처음 보던 날, 금령은 대사관 앞에서 노인들이 소리치는 소리를 들었다. 마이크가 이 사람 손에서 저 사람 손으로 옮겨질 때마다 소리는 점점 커졌다. 하지만 거리의 사람들은 들으려 하지 않았다. 그래서였을 것이다. 듣지 못하는 사람들은 눈으로 보세요. 노인들 머리 위로 금령이 읽지 못하는 글자들이 흰색의 천 위에서 흔들렸다. 빨강, 파랑, 검정의 글자들은 금령에게 그림이었다. 알고 싶어도 알 수 없는 것이 글자였다고 금령은 리엔에게 말했다. 그래서? 금령 할머니도 리엔이랑 같이? 리엔이 오빠와 아이를 위해서 한글을 배우겠다고 했을 때 금

그날 이후로

령은 리엔에게 같이 배우자고 말했다. 그래, 나도 같이. 그렇게 금령과 리엔은 한글을 배웠다. 한글, 베트남 말보다 쉬워요. 그러니까 한글 예쁜 떡 같아요. 수업 첫날 리엔이 한글이 맛있게 생겼다고 말하자, 맛있게 생겼으니 많이 먹고 빨리 배우라는 선생님의 농담에 모두가 웃었다. 금령은 모든 게 신기했다. 책상도 의자도 네모반듯한 교실도. 칠판을 보고 앉은 금령은 예뻤다. 주름이 펴지고, 눈동자가 커졌다. 하지만 금령은 제 얼굴을 보지 못했다. 칠판에 그려지는 자음과 모음이 헷갈렸지만, 금령은 그리고 또 그렸다. 자음과 모음은 언제나 헷갈렸다. 어째서 자음이 모음보다 많은가? 금령이 물었다. 지나가던 선생님이 금령의 옆에 앉았다. 그건 자음이 자식이고 모음이 엄마라서 그래요. 엄마가 자식을 낳잖아요. 많이. 뭐… 많이 낳을 수도, 적게 낳을 수도 있지만 여기서 모음은 자식을 많이 낳았어요. 그래서 자음이 많아요. 모음보다. 교실 안이 조용해졌다. 자음과 모음이 엄마와 자식 간이었다니. 글자는 귀한 것이었다. 그날 이후로 금령은 함부로 그려서도 함부로 배워서도 안 되는 것이 글자라고 생각했다. 하지만 리엔에게 자음과 모음은 중요하지 않았다. 편지 쓸 거예요. 오빠한테. 술 먹지 말라고. 그리고 사랑한다고. 리엔은 빨리 한글을 배워 자신보다 나이가 갑절이 많은 남편에게 편지를 쓰겠다고 했다. 그리고, 말만 할 줄 알면 안 된대요. 오빠가 그러는데 글을 알아야 아이를 가르칠 수 있대요. 저는 말도 잘하고 글도 잘 쓰고 싶어요. 지금 쓸 수 있는 글자는 제 이름과 남편 이름밖에 없다는 리엔은 오 개월이 지나자 복도에 걸린 '다문화 가정을 위한 방안'이라는 글자를 읽어냈다. 그런데, 저런 거 싫어요. 이제 여기가 제 고향이에요. 그래서 저런 거 싫어요. 금령은 리엔의 뜬금없는 말에 걸음을 멈췄다. 하지만 리엔은 계속해서 말을 이었다. 아이 낳고 살면 거기가 고향이래요. 그러니까 우리도 한국 사람들이랑 똑같아요. 왜냐하면… 여기가 이제 우리의 고향이니까요. 말을 마치고 힘차게 교실로 들어가는 리엔이었지만 금령은 분명 리엔의 목소리가 떨려오는 것을 느꼈다. 먼저 들어간 리엔이 생글거리며 자리에 앉았다. 금령이 옆에 앉자 리엔이 서둘러 말했다. 그러니까, 문장. 선생님이 오늘부터 문장을 배운댔어요. 그날 금령과 리엔이 문장을 쓰기 위해 배운 단어는 모래와 모레였다. 녹차밭 아래로 흐르는 강에는 모래가 많았다. 밤이면 외지 사람들이 모래를 훔쳐갔다. 군청에서 모래를 지키기 시작했다. 셀 수도 없는 모래를 사람들이 지켰다. 금령은 모래가 모레보다는 나

　　　　　　　　　그날 이후로

은 글자라고 생각했다. 모레는…. 금령은 생각해본
적이 없다.

어린 시절의 금령은 다다미 넉 장 크기의 방에서 살
았다. 나무로 지은 막사는 열다섯 개의 좁은 방이 붙
어 있었다. 엉성하게 짜 맞춘 나무 틈으로 울음소리
가 새어들었다. 아이들의 울음소리는 낮게 그러다 끙
끙 앓는 소리로 변했다. 그 소리를 관통하며 눌러대
는 또 다른 소리가 있었다. 일본 군인들의 고함 소리
였다. 금령이 누운 방바닥까지 들썩이게 만드는 고함
소리. 꿈속에서 다다미방이 꼬리에 꼬리를 물었다. 빙
그르 방이 방의 꼬리를 잡았다. 그 순간 아이들이 방
에 불을 붙였다. 활활 타오르는 불 속으로 아이들이
뛰어들었다. 그렇게라도 죽을 수 있다면 죽고 싶었
다. 꿈에서 깬 방은 어두웠다. 너무 어두워서 방이 좁
은 줄도 잊었다. 날이 밝으면 죽을 거야. 그렇게 다
짐하며 새벽을 기다렸지만 날이 밝자마자 일본 군인
들이 거칠게 문을 열었다. 죽을 시간도 없었다. 어쩌
면 죽어 있던 시절이었는지도 모른다. 중요한 건 그
런 것이 아니었다. 금령은, 살아 있는 아이들은, 살아
가야할 이유를 만들어야 했다. 그게 모레가 아니었을
까? 내일이 아닌 모레는 집에 갈 수 있다는. 금령은
칠판에 적힌 모레를 공책에 그려 넣었다. 칸이 작아서

밖으로 비껴나갔다. '내'와 '네'에 대한 설명이 이어졌다. 말할 때는 똑같이 들리지만 적을 때는 다르게 적어야 하는 것들이 있어요, 라는 말과 함께 '내'와 '네' 밑에 '래'와 '레'가 적혔다. 금령에게는 의미 없는 글자였다. '내'를 옮겨 적은 공책을 내려다보며 금령은 제 집으로 가는 길을 생각했다. 저렇게 곧장 걷다 중간에 골목으로 들어가면 내 집인데. 그렇다면 '네'는 작은 시냇물. 냇가 밑으로 저렇게 물이 흐르지. 도대체 말과 글은 어디에서 오는 것일까. 말하는 모든 것을 적어내는 게 글이라면, 이런 글을 아무나 배워도 되는 것일까.

금령은 등을 꼿꼿이 펴고 앉아 있는 리엔을 쳐다보았다. 리엔이 웃고 있었다. 리엔은 저렇게 환하게 웃으면서 서울 가는 기차시각이라고 금령에게 적어주었다. 금령이 천천히 눈으로 읽었다.

서울 가는 기차가 하루에 여섯 번.

청계천은 여전했다. 금령은 기억을 더듬었다. 다른 건 몰라도 잔디가 깔린 광장은 기억이 났다. 나무도 처마도 없는 잔디밭을 사람들은 광장이라고 불렀다. 금령은 잔디밭을 가로질렀다. 금령의 고무신이 잔디밭에 파묻혔다. 고무신을 감싼 잔디가 금령의 발목을

　　　　　　　　　　　그날 이후로

간질였다. 일본 대사관에 갔다 온 그날 이후, 금령은 노인들이 들고 있던 글자를 읽기 위해 리엔과 한글을 배웠다. 금령은 서둘러 걸었다. 잔디밭을 나와 횡단보도를 건너 나무 사이를 걸었다. 바람이 불었고, 이마에 땀이 맺혔다. 금령은 택시를 잡았다. 택시는 사람들을 지나, 차들을 지나, 건물들을 지나 일본 대사관 앞에 섰다. 금령은 걸음을 멈췄다. 지난번처럼 마이크를 손에 쥔 노인들은 없었다. 대신 노인들 머리 위로 선명하게 새겨진 글자들이 흔들렸다. 글이, 소리가 되어 금령에게 말했다.

  우리는 쉽게 죽지 않는다.

  말이, 글이, 사라진 순간을 금령은 잘 알고 있다. 알아들을 수 없는 일본말이 들려왔을 때, 어린 금령은 겁에 질렸다. 이틀 동안 기차를 탔으니 먼 곳이라고는 생각했다. 그렇다고 내 나라 말이 사라질 정도로 먼 곳일 줄은 몰랐다. 이해할 수 없는 말은 수수께끼였고, 근심이었고, 치욕이었다. 일본 군인들이 무슨 말을 하던지 금령은 웃어야 했고, 고개를 끄덕여야 했다. 그렇게 웃고, 그렇게 고개를 끄덕인 탓에 어린 금령은 죽지 않았다. 그리고, 여전히 금령은 살아 있다.

금령은 일본 대사관 앞을 뒷걸음질로 돌아 나왔다.
주변이 조용해졌다. 금령은 택시가 지나왔던 길을 되
돌아 걸었다. 사람들이 광장이라고 부르는 잔디밭으
로 돌아온 금령은 눈 위에 찍힌 제 발자국을 찾아 걷
듯 어정어정 걸었다. 거리의 누구도 금령이 위안부라
는 사실을 알지 못했다. 잔디 위로 빗방울이 떨어졌
다. 이미 하늘은 잿빛이었다. 사람들이 서둘러 뛰기
시작했다. 금령도 비를 피해야 했다. 하지만 숨을 곳
이 없었다. 광장은 나무도 그늘도 처마도 없었다. 그
런 곳이 광장이었다. 사람들이 순식간에 사라졌다.
다들 어디로 도망친 것일까? 금령도 숨고 싶었다. 하
지만 어린 시절의 금령처럼 그곳에는 숨을 곳이 없
었다. 비에 흠뻑 젖은 금령의 몸이 그대로 드러났다.
축 쳐진 젖가슴이 빗물처럼 흘러내렸다. 금령이 자신
의 봉긋한 가슴을 거칠게 주무르던 손길을 생각한 건
그 순간이었다. 금령의 젖가슴도 한때는 예뻤다. 드러
누워도 탐스럽게 솟는 가슴이었다. 그 가슴이 늘어져
볼품없는 가죽으로 남을 동안 금령은 하나도 얻은
게 없다. 얻은 게 있다면 되돌릴 수 없는 과거와 셈할
수 없는 제 나이이다. 금령이 횡단보도 앞에 서자 빗
줄기가 더욱 거세졌다. 순식간에 사라진 사람들이 어

　　　　　　　　　　　　그날 이후로

느새 금령의 옆으로 다가왔다. 하지만 누구도 금령에게 우산을 받쳐주지 않았다. 금령은 일본 대사관 앞에서 본 글을 떠올렸다. 소리가 되어 다가온 글은 오래도록 기억에 남았다. 어째서 글이 'ㅐ'와 'ㅔ'를 구분해야 하는지 알 것도 같았다. 글은 자신의 과거를 대신해야 했고, 고함을 치던 일본 군인들의 목소리도 표현해야 했다. 또한 귀국선을 타러 가던 날 죽은 군인의 얼굴을 할퀴어대던 자신의 마음도 기록해야 했다. 피 묻은 손으로 군인의 얼굴에 상처를 냈을 때, 그는 아픔을 느끼지 못했다. 그는 죽었고, 금령은 살아 있었다. 어째서 이 사람은 살아서도, 죽어서도 아픔을 모르는가. 불공평했다. 금령은 울고 또 울었다. 끝이라고 생각하니 좋아서 울었고, 왜 군인처럼 죽지 못했는가를 생각하니 슬퍼서 울었다. 금령은 자신이 기억하는 것이 글이 되고, 글이 소리가 되는 순간을 생각하며 집으로 돌아왔다.

마을에 도착하자, 젖은 몸이 마르기 전에 다시 비가 내렸다. 녹차밭을 지나 강 길을 따라 걸었다. 집에 들어선 금령은 이틀 동안 방 안에서 꼼짝도 하지 않았다. 밤이면 어두운 방이었고, 해가 뜨면 환한 방이었다. 어둠 속에서의 방은 좁았고, 빛이 들어오는 방은 컸다. 금령은 알고 있었다. 좁고 초라한 것은 방이 아닌 금령이 먹어가는 나이라는 것을. 어린 시절의 금령은, 기억해내고 싶지 않은 시절의 금령은, 죽고 싶었다. 하지만 거기서는 싫었다. 나무로 지은 다다미 넉 장 크기의 방에서는 싫었다. 그래서 다시 새벽을 맞은 어린 금령은 어떤 날은 방이 너무 커서, 어떤 날은 방이 너무 작아서 죽지 못했다고 말했다. 또 어떤 날은 막사 입구의 표목에 새겨진 글씨가 예뻐서이기도 했다. 금령은 일본 군인과 표목 앞에서 사진을 찍었다. 사진을 찍기 전 금령은 화장실에 앉아 있었다. 문틈으로 표목의 반쪽이 보였다. 부드럽게 휘어진 글자의 곡선을 따라 금령의 시선이 내려갔다. 그때였다. 화장실 문이 열리고 일본 군인들이 금령을 내려다보았다. 그들이 보고 있는 것이 금령의 굳은 얼굴이었는지, 쪼그려 앉은 어린 금령의 거웃이었는지 기억나지 않는다. 금령은 움직일 수 없었다. 겁에 질린 금령은 군인들을 따라 웃었다. 어린 금령은, 그렇게 사진에 찍혔다.

집으로 돌아온 금령은 일본 대사관 앞에서 깃발처럼 펄럭이던 글자를 떠올렸다. 그런 글을 쓰고 싶었다. 금령은 엄마와 자식이라는 자음과 모음을 떠올렸다. 자음과 모음이 만나 글이 되고, 글이 소리가 되고,

그날 이후로

소리가 생명이 되어 오래도록 살아가는 그런 글을 써야 했다.

아침 햇살이 산 능선에 이끼처럼 자란 녹차밭을 훑고 내려왔다. 이내 금령의 등을 따뜻하게 감쌌다. 금령은 닳아 의자가 되어버린 바위에 앉았다. 바위틈으로 솟은 녹차나무가 서로를 의지하고 있다. 금령은 녹차나무의 잎들을 연결하기 시작했다. 가까이 맞닿은 나무를 연결하자 모음이 만들어졌다. 이제는 자음 차례였다. 자음은 복잡했다. 많게는 여섯 그루의 나무가 필요했다. 금령은 여러 개의 녹차나무를 이어 선을 만들었다. 서서히 금령이 써 내려간 글자들이 빛을 내기 시작했다. 구름 한 점 없는 하늘에서 녹차밭을 밝게 비추는, 그래서 있는 그대로 초록빛을 내는 글자들이었다. 금령은 자신이 써 내려간 글자를 소리 내어 읽었다.

이제 눈이 와도 너는 자유란다.

금령은 천천히 몸을 일으켰다. 아침 해가 녹차밭을 비추기 시작했으니, 리엔이 금령의 집에 들렀을 것이다. 리엔은 금령보다 한글을 배우는 속도가 빨랐다.

드라마, 한국 드라마 리엔 많이 봐서 그래요. 금령은 지난주에 배운 글자를 떠올렸다. 지난주에는 생선가게에 갔다. 가게에서 게를 샀고, 오는 길에 개를 만났다. 금령은 개와 게의 차이를 이해했다. 금령의 입가에 미소가 번졌다.

그때였다. 멀리 강을 등지고 리엔이 올라오고 있었다. 녹차밭의 이랑을 오를 때마다 리엔의 몸이 강물에서 솟아올랐다. 리엔이 걸음을 빨리했다. 리엔도 금령을 알아보았다. 리엔이 한 손을 치켜들고 흔들었다. 안녕. 들리지 않아도 금령은 들었다. 금령도 손을 들었다. 안녕. 리엔이 멈춰 서서 금령의 위치를 확인했다. 리엔이 길을 바꾸자 둘은 마주 보고, 서로를 향해 걸었다. 강물을 등지고 걷는 리엔의 숨소리가 들려왔다. 금령은 리엔을 향해 천천히, 천천히, 라고 말했다. 리엔이 걸음을 멈추고 양 손으로 허리를 받치고 섰다. 이제는 멀리서도 리엔의 불룩한 배가 보였다. 금령과 리엔이 정자 앞에서 만났다.

금령 할머니… 서울 갔었어요? 리엔이 물었다. 금령은 리엔의 팔을 잡으며 고개를 끄덕였다. 리엔은 금령의 얼굴을 오래도록 쳐다볼 뿐, 서울에 대해서도 이틀 동안 무엇을 했는지도 묻지 않았다. 집에 불이 꺼져 있어 서울에 간 줄 알았다고 그렇게만 말했다. 금

그날 이후로

령과 리엔이 나란히 산을 내려갔다.

베트남에도 차밭 많아요. 여기보다 훨씬 커요. 리엔은 할 말이 없을 때마다 고향의 차밭에 대해서 이야기했다. 높아요. 여기보다 훨씬 높아요. 하지만 저기처럼 물은 없어요. 거긴 비가 많이 오거든요. 리엔이 하늘을 올려다보며 말했다. 고향의 넓은 차밭을 자랑하는 리엔이었지만 찻잎을 따는 리엔의 손놀림은 느렸다. 베트남에선 천천히 따요. 여기는 너무 빨라요. 나무들도 아파요. 그래서 천천히 따야 해요.

차밭을 알리는 다원의 푯말을 지나자 강의 입구가 시작됐다. 리엔은 오늘 읽을 시를 보여주겠다며 걸음을 멈췄다. 리엔의 가방에도 금령처럼 책과 공책과 필통이 들어 있다. 리엔이 공책을 꺼내 한 장 한 장 넘기기 시작했다. 리엔이 한글을 떡 같다고 한 이유도 공책의 칸에 있었다. 베트남에선 이렇게 네모난 공책 없어요. 긴 줄. 그 위에 글 써요. 한국 공책. 한국 떡 같아요. 그날 이후 금령도 떡에 속을 집어넣듯 글씨를 썼다. 맛있는 생각이었다. 공책을 뒤지는 리엔을 뒤로하고 금령은 강물의 물결이 밀려올까 자신의 키만큼 떨어져 걸었다. 리엔이 금령의 옆에 다가섰다.

'나는 당신을 사랑합니다. 그래서 당신도 나를 사랑하지요.' 리엔의 시였다. 리엔이 다시 읽었다.

나는 당신을 사랑합니다.

그래서 당신도 나를 사랑하지요.

묻지 않아도 리엔이 누구를 생각하며 지었는지 금
령은 알 수 있었다. 금령은 글이 소리를 달았다며 리
엔의 손을 잡아주었다.

소년은 알지 못했다

태풍의 이름은 '날개'였다. 7월이었고 많은 비가 내리지 않았지만 수십 그루의 나무를 뿌리째 뽑아놓고 간 태풍이었다. 소년은 '날개'가 다녀간 그해에 태어났다.

"태풍."

"태풍?"

아이들의 반응은 거의 비슷했다. 태풍? 이라고 되묻거나, 이름이? 라고 다시 물었다. 그럴 때마다 소년은 짧게 숨을 가다듬고 말했다.

"내 이름이 날개야. 태풍의 이름도 날개였고."

"날개라고? 푸하하. 그럼 날아봐!"

늘 따라오는 시비였다.

어느 해부터 소년은 아이들이 놀리면 눈물을 흘렸다. 시기로만 보면 초등학교 3학년 때부터였다. 물론 그전에도 소년은 자주 울었다. 주먹이 울었고, 발길질이 울었고, 마음이 울어댔다. 그전까지는 그게 다였다. 나대지 못하는 주먹과 발길질에 마음이 울어대더니 열 살이 되자 눈물이 떨어졌다.

커다란 덩치의 소년이 울어대면 아이들은 기형아가 울기 시삭했다고 놀려댔다. 기형아에 이어 울보까지. 소년의 별명은 나날이 늘어났다.

큰 키에 비해 목과 팔은 짧았고, 짧은 목에 비해 얼굴이 컸다. 큰 얼굴에 눈과 코와 입과 귀가 작았는데 눈물을 흘리는 소년이 복도를 지나가면 아이들이 몰려나와 날개 없는 '날개'가 울기 시작했다고 놀려댔다. 어떤 아이는 저렇게 작은 눈에서는 눈물이 나올 수 없다며 눈물을 확인하기 위해 소년에게 달려들었다. 복도에 쓰러진 소년은 이 세상에서 자신이 가장 억울하다는 듯이 울어댔다. 이보다 더 억울할 수 없다고, 나는 날개가 없지만 분명 날개라고 크게, 더 크게 울었다.

듣다 못한 선생님이 복도로 나왔다.

"누가 그랬니?"

아이들은 침묵했다.

"또, 너니?"

선생님이 한숨을 쉬며 말했다.

소년은 알지 못했다

"도대체 왜 우는 거니?"

한숨과 함께 짜증 섞인 관심이었다.

"선생님, 저는… 저는… 날개예요. 그렇다고 날개
가… 새가…."

소년은 말을 잇지 못했다. 하지만 선생님도, 아이들
도, 소년이 잇지 못한 '새가 아니라는' 눈물에는 관심
이 없었다.

선생님이 소년을 일으켜 주었다. 그리고 아이들을
향해 말했다.

"얘들아, 날개가 있다고 모든 새가 날 수 있는 건
아니란다."

아이들은 날개가 있어도 날지 못하는 새를 생각
했다.

분명 그런 새가 있다. 날개가 있어도 날지 못하는
새. 날갯짓이 힘에 겨워 푸드득 소리가 전부인 가엾
은 새.

"자 보렴, 그래 닭과 펭귄이 있구나. 걔들도 새란다.
웃기지 않니?"

아이들이 큰소리로 웃어댔다.

선생님의 말 한마디에 소년은 닭과 펭귄이 되었다.
소년은 아주 잠깐 자신이 닭일지도, 아니면 펭귄일지
도 모른다는 생각을 했다. 하지만 소년은 닭도 펭귄

도 싫었다.

그날 이후, 소년은 닭과 펭귄이 아닌 다른 새를 찾아다녔다. 소년이 매일같이 다른 새를 찾아 헤매는 동안, 어쩌다 소년의 이름을 듣게 된 어른들은 누가 닭과 펭귄을 떠올리게 하는 이름을 지어주었는지 물었다. 그럴 때마다 소년은 모른다고 대답했다.

"그걸 제가 어떻게 알아요. 저는 그냥 날개였다구요."

어른들은 소년의 말을 믿지 않았다. 그저 소년의 심술궂은 대답이라고 여겼다.

어른들이 소년을 타일렀다.

"저런, 어른이 묻는 데 말투하고는."

그리고 덧붙인 말들은 애한테 저런 이름을 붙인 부모 또한 알 만하다고 단정 지었다. 소년은 왠지 모를 화가 치밀었다. 어른들은 늘 제멋대로였다.

소년은 놀이터의 모래를 한 움큼 손에 쥐었다. 그리고 어른들을 향해 힘껏 던졌다. 모래였는데, 모래가 돌멩이처럼 멀리 날아갔다. 때로는 머리에, 때로는 바지춤에, 또 때로는 허리춤에 모래가 앉았다.

"못된 녀석 같으니라구."

어른들이 뒤를 돌아보며 한마디씩 거들었다. 누굴 닮아 저 모양인지에서 시작한 말들은 자식은 부모를

소년은 알지 못했다

닮을 수밖에 없다며 혀를 찼다.

소년은 그 말이 싫지 않았다. 아버지를 닮아 다리
에 비해 팔이 짧고, 얼굴에 비해 목이 짧았지만, 엄마
를 닮아 키가 컸다. 엄마를 닮은 구석이 비록 큰 키밖
에 없을지라도 소년은 자신의 어딘가에 엄마가 있다
는 사실이 좋았다.

소년이 기억하는 소년의 엄마는 예쁘고 키가 컸다.
맛있는 걸 요리하던 엄마의 기억은 없지만 맛있는 걸
같이 먹었던 기억은 있다. 그래서 자신의 엄마는 요리
도 잘하고, 키도 크고 예쁘다고 말해왔다. 그리고 자
신이 날개가 된 데에는 엄마의 뜻깊은 안목이 숨겨져
있다고 생각했다. 그런데 왜 하필 날개여야 하는지
소년은 억울했다. 물론 소년이 엄마처럼 큰 키에 팔
과 다리가 길어 볼품이 있었다면 날개라는 이름에 걸
맞은 불사조가 되었을지도 모를 일이다. 하지만 현실
속에서의 소년은 키만 컸지, 온몸이 비대칭인 냄새나
는 울보일 뿐이었다.

*

밤이었어. 밝은 달이 창문 너머 하늘 위로 크게 떠

올랐어. 엄마는 달을 보고 있었어. 그런데 순식간에 달이 구름에 가려졌어. 하도 이상해서 하늘을 오래도록 올려다봤어. 깜빡했지 뭐야. 밤이었으니 뭐가 보였겠니. 그냥 달이 사라진 검은 밤하늘이었지. 그게 태풍의 시작이었단다. 창문 너머로 아파트의 불빛이 별처럼 반짝였어. 불빛을 따라, 아니 별빛을 따라 밖으로 나왔어. 무작정 걸었단다. 너를 낳아야 했으니까.

아빠는?

소년이 물었다.

아빠에 대한 기억은 없구나. 지금처럼 아빠가 곁에 없으면 안심하렴.

왜?

우리를 위한 평화란다.

그날은 평화로웠어. 너를 낳기에 좋은 날이었지. 너를 낳기 위해서는 걸어야만 했단다. 횡단보도를 지나 큰 길을 따라 걷고 또 걸었어. 걷다가 지치면 가로수에 기대어 숨을 골랐어. 그 순간이었어. 바람이 불어왔지. 치마 속으로 바람이 들어와 펄럭였단다. 그때부터 엄마는 나풀나풀 날기 시작했어. 한 발, 한 발, 바람을 따라 걸었어. 다행히 비는 내리지 않았단다. 바람이 얼마나 거세게 불던지 나뭇가지가 휘어지다, 눈앞에서 부러졌어. 그래도 치마는 여전히 작게 펄럭

소년은 알지 못했다

였고 엄마의 발은 나풀거리며 날아갔단다.

바람이?

그래, 바람이.

병원에 도착하자 빗물인지 눈물인지 모르는 물이
허벅지를 타고 흘러내렸어. 너는 그렇게 태어났단다.
그해 7월, 어느 밤에 힘차게 불던 바람의 이름이 날개
였어. 그러니 너는 분명 그날의 바람을 닮았을 거야.

*

소년이 기억하는 엄마의 이야기였다. 온전한 기억
이었지만 소년의 엄마는 거짓말처럼 소년의 곁을 떠
났다. 그래서 소년은 자신은 '날개'와 맞지 않다고 생
각했다.

소년으로 말할 것 같으면, 초등학교 3학년이 돼서
야 간신히 한글을 익혔다. 손톱 밑에는 언제나 때가
끼었고, 계절과 상관없이 매일 똑같은 옷을 입고 다
녔다. 사철 똑같은 옷에서는 악취가 풍겼다. 소년과
짝이 된 아이들은 집으로 돌아가 코를 막고 소년의
냄새를 전했다.

선생님들도 마찬가지였다.

전교에서 가장 말썽꾸러기랍니다. 그런 아이가 저

희 반에 있지 뭐예요. 이 일을 어떻게 하면 좋을까요? 무사히 일 년이 지나가야 하는데, 소년이 전학만 가면, 전학만 가면 다 해결이 될 텐데. 그런 일은 일어나지 않겠죠?

학기 초만 되면 소년을 맡은 담임선생들이 입에 달고 사는 푸념이었다. 우여곡절의 1학기가 끝나고 2학기에 들어섰다. 무사히 반년이 지났지만 소년에게 전학은 있을 수 없는 일처럼 보였다. 선생님은 방법을 바꿨다. 아무리 소년이 울어도, 아무리 소년에게 냄새가 나도 관심을 주지 않았다. 다른 아이들의 일기장에 선생님의 생각이 적힐 때, 소년의 일기장에는 '참 잘했어요' 도장이 전부였다. 전교에서 가장 말썽꾸러기 소년은 빠르게 선생님의 관심에서 멀어져갔다.

소년이 날개를 버리고 싶었던 또 다른 이유는 소년의 여동생이었다. 소년과 세 살 터울인 여동생은 왼손잡이였다. 왼손으로 글씨를 쓰고, 왼손으로 밥을 먹었다. 왼손으로 젓가락질을 하면 소년의 아버지가 손등을 세차게 내리쳤다. 소년의 여동생이 고개를 숙였다. 왼손에서 오른손으로 젓가락을 옮겼지만, 이번에도 소년의 아버지는 여동생의 손등을 세차게 내리쳤다. 기껏해야 밥과 김치가 전부인 밥상 위로 밥알

소년은 알지 못했다

이 어지럽게 흩어졌다.

"병신."

소년의 아버지가 말했다.

"쓸데없는 것만 닮아서."

소년의 아버지가 밥상을 엎었다.

사방으로 밥알이 튀었다. 소년의 새까만 발등 위로 찰기 없는 밥알이 떨어졌다. 여동생의 가느다란 팔뚝 위에도 밥알이 앉았다.

그게 시작이었다. 왼손잡이에서 시작한 아버지의 분노는 밥상을 엎었고, 엎어진 밥상의 다리 하나가 부러질 때까지 계속됐다.

세월이 좀을 먹어서 너희 같은 새끼들이 태어났다 는 아버지는 왼손잡이 여동생의 머리채를 잡아 내동 댕이쳤다. 여동생의 머리가 줍지 못한 밥알 위로 떨어 졌다.

여동생이 밥알을 주워 먹었다.

"맛있냐?"

소년이 물었다.

"배고파."

여동생이 고개를 끄덕이며 말했다.

"고개는 왜 끄덕여. 이렇게 고개를 흔들어야지."

소년은 제 아버지가 한 것처럼 여동생의 머리채를

잡아 흔들었다.

그때까지만 해도 소년은 알지 못했다. 자신이 아버지의 모습을 닮아가고 있으며, 때로는 아버지보다 더한 욕설로 동생을 괴롭히고 있다는 것을 알지 못했다.

잠자리에 누워서도 마찬가지였다. 소년은 여전히 화가 나 있었고, 왜 매일같이 자신이 밥상을 치우고 청소를 해야 하는지 알 수 없었다.

"너 때문이야!"

소년이 허공에 대고 발길질을 해댔다. 낡은 이불이 여동생의 얼굴을 덮었다.

풀썩, 먼지가 일었다.

소년의 콧구멍과 입속으로 먼지가 내려앉았다. 재채기가 나오려고 했지만 참아야 했다. 한바탕 소란이 멈춘 뒤의 고요였다. 어떻게든 지켜내야 했다. 그렇게 아침이 오면 소년은 이상하게도 어제의 일들이 기억나지 않았다.

아버지의 많은 날들이 엄마를 향한 욕설로 쌓여갔다. 자식새끼 버리고 도망간 여자의 끝이 얼마나 상스러울지, 분명 알게 될 거라는 저주도 끊이지 않았다. 뜻 모를 말들이었다. 소년이 기억하는 '날개'에 대한 사연만큼 아버지에게도 엄마와의 사연이 있는 듯 보였다.

　소년이 기억하지 못하는 어느 한때였을 것이다. 그 시절, 소년은 엄마와 함께 살았다. 세 살 터울의 여동생이 태어나기 전이었고, 아직은 엄마가 아빠의 폭력을 참아내던 시절이었다. 여동생이 태어나고 몇 년이 흘렀다. 엄마는 아버지의 폭력을 더 이상 참아내지 못하고 집을 떠났다. 엄마가 떠나자 엄마의 빈자리가 집을 채웠다. 그래도 가끔씩 소년과 여동생이 커가는 모습을 보기 위해 엄마가 집에 들렀다. 아버지도 어쩌지 못하는 엄마의 방문이었다. 엄마가 집을 다녀간 뒤의 며칠 동안은 소년과 여동생의 몸에서 냄새가 사라졌다. 엄마는 두 남매를 열심히 씻기고 먹이고 입힌 후, 다시 집을 떠났다.

　소년은 엄마가 집을 떠난 이유를 알고 싶었다. 하지만 묻지 않았다. 소년은 알고 있었다. 엄마에게 물어야 할 것과 묻지 말아야 할 것의 경계에 아빠가 있었다. 대신 소년은 그림일기에 엄마의 얼굴을 그렸다. 소년이 그린 그림은 엄마와 엄마의 무릎을 베고 누운 여동생, 그리고 엄마의 팔을 잡고 있는 소년의 짧은 팔이었다. 그림과 함께 소년이 적은 문장은 '엄마'였다.

다음 날이었다. 소년의 일기장을 펼쳐본 선생님은 다른 날과 다르게 소년의 일기장을 오랫동안 내려다보았다. 머리를 하나로 묶어 올린 사람은 엄마일 테고, 엄마의 무릎에 누운 아이는 여동생일 테고, 그럼 이 팔은, 이 팔은 누구의 팔일까? 선생님은 엄마의 팔을 잡고 있는 짧은 팔이 누구의 팔인지 궁금했다. 짧은 팔 아래에 힘껏 도장을 찍은 선생님은 그 옆에 한 줄의 글을 적었다.

"이 팔은 누구의 팔일까요?"

다음 날이었다. 일기장을 받아든 소년은 평소처럼 선생님의 '참 잘했어요' 도장을 확인하기 위해 일기장을 펼쳤다. 이제 소년은 일기장에 선생님의 글이 없어도 괜찮았다. 대신 소년은 파란색 잉크가 묻은 도장을 분석했다. 도장의 각도와 잉크가 찍힌 도장의 굵기만으로도 선생님의 마음을 읽어낼 수 있었다. '참 잘했어요' 도장이 보였다. 다른 날보다 더 진하고, 더 선명한 도장이었다. 그것만으로 충분하다고 느끼는 순간, 소년은 하마터면 소리를 지를 뻔했다. 다른 날보다 더 굵고 더 선명한 도장 밑으로 하나의 문장과 물음표가 있었다.

이 팔은 누구의 팔일까요?

소년은 알지 못했다

선생님이 써준 글이었다. 새 학년이 되고, 새 학기가 되어 소년이 처음으로 받아 든 선생님의 글이기도 했다. 소년은 선생님이 써준 글을 읽고 또 읽었다. 하마터면 교무실로 달려가 일기장을 펼쳐 보이며 선생님, 이 팔은 제 팔이에요. 짧은 제 팔이요. 엄마의 팔을 붙잡고 있는데, 왜 그런 줄 아세요? 엄마니까요. 우리의 엄마니까요, 라고 큰소리로 말할 뻔했다.

소년은 그날의 감격을 오래도록 간직했다. 그리고 매일 밤, 아직은 그림이 없는 어느 날을 떠올리며 엄마가 오기만을 기다렸다. 엄마와 여동생과 그리고 자신의 팔과 다리를 일기장에 그리면 다시 선생님의 관심을 받을 수 있다고 믿었다. 하지만 엄마는 오지 않았다.

그게 문제였다.

엄마는 떠나면 안 되는 존재였다. 밤마다 벼락같이 화를 내는 아버지에게 왼손잡이 여동생은 그저 핑계일 뿐이었다. 아버지는 여동생의 가녀린 팔뚝에서 엄마를 보았다.

여동생은 어린 아이였다. 소년보다 백배 아니 천배는 여리고 약한 아이였다. 아버지는 엄마도 그렇게 생각했다. 자신보다 백배는 아니 천배는 약하다고 믿었던 여자였다. 그런 여자가 보란 듯이 집을 나갔다.

있을 수 없는 일이었지만 아버지는 엄마를 잡지 못할 정도로 형편없는 사람이었다. 그래서 화가 난 아버지였다. 소년은 폭력으로 무장한 아버지의 사랑을 이해하려고 애를 썼다. 애를 쓰다 보면 어느새 잠이 들었다. 다행히 아침이 되면 간밤의 소란이 거짓말처럼 잊혀졌다. 매일같이 반복되는 하루였다.

저녁은, 그리고 밤은 소년과 여동생에게 긴 시간이었다. 길고 긴 밤을 수없이 보내는 동안 소년은 빠르게 아버지를 닮아갔다. 팔뚝이 굵어졌고, 등짝이 넓어졌으며, 아버지가 던지는 베개쯤은 한 손으로도 막을 수 있었다.

소년은 아버지의 폭력에도 길들어졌다. 아버지가 여동생을 때릴 때 그렇게 나대던 심장도 서서히 반응을 보이지 않았다. 부서진 밥상 다리에는 테이프를 붙이면 그만이었고, 아버지에게 머리채가 잡히고 매를 맞는 동안 여동생의 입을 틀어막았다. 가끔 있는 일이었지만 한글을 익히지 못한 여동생에게 쌍받침과 겹받침을 알려주기도 했다. 결국에는 'ㄱ'과 'ㄴ'도 구분 못하는 여동생의 머리채를 아버지와 똑같이 잡아 내동댕이쳤다. 하지만 여동생은 소년과 함께 있으면 웃음을 잃지 않았다. 소년은 여동생의 그런 웃음이 끔찍하게 싫었다.

소년은 알지 못했다

떨어져

저리 가

꺼져

죽을래?

하지만 소년도 알고 있었다. 떨어질 수도, 저리 갈 수도, 꺼질 수도, 그렇다고 죽일 수도 없는 여동생이었다. 모든 게 말뿐이었다. 밀쳐내지 못하는 여동생과 함께 소년은 비가 오나 눈이 오나 거리를 헤매고 다녔다. 아버지가 있는 집보다는 나았다.

아버지는 택시를 몰다 말고 수시로 집에 들렀다. 어떤 날에는 배가 고파서, 어떤 날에는 집 근처를 지나쳐서, 또 어떤 날에는 잠이 와서, 또 어떤 날에는 택시가 고장이 났다는 이유로 집에 들렀다. 정말로 밥을 먹거나 잠을 잤고, 보닛을 열어 무언가를 조이곤 했다.

소년과 여동생은 아버지를 피해 거리로 나왔다. 거리를 헤매는 동안에는 어김없이 아이들과 마주쳤다. 아이들은 학원을 가거나 군것질을 하거나 그냥 놀기 위해 밖으로 나왔다. 소년과 여동생이 즐겨 가는 장소는 다른 아이들과 크게 다르지 않았다. 빗물이 고인 아파트 공사장이 있었고, 대형 마트의 시식 코너가 있었다. 놀이터도 있었고, 편의점도 아이들이 자주 가는 곳이었다.

소년과 여동생은 빗물이 고인 공사장에서 바짓단에 흙탕물을 튀기며 놀았다. 대형 마트의 시식 코너에서는 입안에 고인 침이 사라질 때까지 먹어댔고, 놀이터에서는 노을이 질 때까지 놀았다. 가끔씩 들르는 편의점에서는 눈부신 조명 아래를 그저 걸었다. 매번 그런 건 아니었지만, 거리를 헤매다 보면 다른 아이들과 만나 괜한 시비가 붙곤 했다. 물론 시작은 늘 날개였다. 날개를 두고 날아보라고 놀리는 일은 늘 있는 시비였다. 더 큰 시비는 냄새였다. 그다음에는 거지 같은 옷 꼴이 문제였다. 순식간에 소년과 여동생은 날개 없는 거지가 되었다. 여동생이 눈물을 흘렸다.

"울지 마!"

소년이 여동생의 손을 움켜쥐며 말했다.

"울지 마!"

소년이 할 수 있는 말의 전부였다. 울지 마, 그리고 뛰어. 소년은 여동생의 손을 붙잡고 아이들 사이를 헤집고 나왔다. 숨이 턱까지 차올랐다.

어느 건물 밑이었을 것이다. 한낮의 태양을 피해 들

소년은 알지 못했다

어섰는지, 아니면 비를 피해 들어섰는지 잘 모르지만 그날 소년은 자신이 아닌 여동생의 미래를 떠올렸다.

내가 열세 살이니, 너는 열 살.
내가 열네 살이면, 너는 열한 살.
내가 열다섯 살이면, 너는 열두 살.
내가 열여섯 살이면, 너는 열세 살.

소년은 자신의 열여섯 살은 상상할 수 없었지만 열세 살이 된 여동생의 모습은 쉽게 그릴 수 있었다. 여동생보다 먼저 열세 살이 된 소년은 열 살 때의 울보가 아니었다. 한글도 정확하게 읽고 쓸 줄 알았고, 날개가 있어도 날지 못하는 닭과 펭귄도 어느 정도는 참아낼 수 있었다. 소년은 지금의 자신을 떠올리며 여동생이 빨리 열세 살이 되길 바랐다. 그러면 지금보다는 강해질 터였다. 그때가 되면 지금은 할 수 없는 그 일을 소년도, 여동생도 할 수 있을 것 같았다.

그날을 생각하면 소년은 갑자기 기분이 좋아졌다. 그때가 되면, 아버지를 닮아 밥상도 잘 던지고, 아버지를 닮아 젓가락도 멀리 던지는 사람이 될 것 같았다. 그러다 가끔씩 칼도 휘두르는 무서운 사람이 되면 더 좋을 것 같았다. 그렇게 힘이 세지면 지금은 할 수 없는 많은 일들을 할 수 있을 것 같았다.

어떤 날이었다. 그 어떤 날에는 아버지의 방문이 굳게 닫혔다. 시곗바늘 돌아가는 소리가 부엌에 가득 찼고, 방 안에는 아빠와 여동생의 목소리가 티브이 소리에 섞여 들었다. 동생이 훌쩍거릴 때마다 아빠의 알 수 없는 신음 소리가 거세졌다. 방 안에서 무슨 일이 일어나는지 소년은 알지 못했다. 소년은 여동생이 울고 있는 방 안이 미치도록 보고 싶었다. 하지만 용기가 나지 않았다. 소년이 열세 살이고 소년의 여동생이 열 살이었으니 턱없이 용기가 부족한 나이였다.

아버지의 방에 여동생이 갇힌 날에는 몇 배로 긴 밤을 보내야 했다. 소년은 서둘러 이불을 깔았다. 소년이 먼저 눈을 감았다. 두 주먹을 불끈 쥐어봤자 소년이 할 수 있는 일은 아무것도 없었다. 얼마 후, 머리카락이 헝클어진 채 여동생이 방에서 나왔다. 여동생은 소년을 보자 씨익, 미소를 건넸다. 그리고 소년의 옆에서 잠이 들었다. 소년은 천장을 바라보며 여동생이 하루 빨리 열세 살이 되기를 바랐다.

그러면 나는 열여섯 살, 너는 열세 살. 그때가 되면 내가 우리의 아버지를 없애줄게.

*

소년의 열세 살이 끝나갈 무렵이었다.

소년은 자신의 열네 살을 꿈꾸기 시작했다. 열세 살 때보다 키가 컸고, 아이들이 놀려대면 두 주먹에 힘이 들어갔다.

"날아봐."

아이들의 시비는 늘 날개에서 시작됐다.

"나는 새가 아니야."

소년이 큰 소리로 말했다.

"날지도 못하는 날개 주제에."

"나는 새가 아니야!"

소년이 큰 소리로 말하면, 아이들은 더 큰 소리로 소년을 놀려댔다. 아직은 소년이 불리했다. 수적으로도 불리했고, 닭과 펭귄을 떠올리는 선생님도 도움이 되지 못했다.

이번에도 아이들은 닭과 펭귄을 떠올리며 낄낄 댔다.

소년이 두 주먹을 움켜쥐었다. 예전보다 커진 주먹 이었다.

"아니!"

소년은 아니라고, 말했다.

"나는 닭이 아니야, 나는 펭귄이 아니야. 나는 공작
새야!"

몹시 추운 겨울이었다. 그날도 소년은 여동생과 함
께 거리를 헤맸다.

택시를 몰다 들어온 아버지가 방에 누워 천장을 올
려다보았다. 차가 고장이 난 것도, 배가 고픈 것도,
화장실이 급한 것도 아닌 듯 보였다.

소년과 여동생은 아버지가 잠들기만을 기다렸다.
시간이 천천히 흘렀다. 더딘 시간이 흘러 아버지가 잠
이 들었다. 여동생이 소년의 팔을 잡아당겼다. 목도리
에서 장갑까지 남매는 서둘러 옷을 챙겨 입었다. 밖
으로 나오자 금방이라도 눈이 내릴 것 같았다. 아버
지가 택시를 몰다 들어온 이유를 알 것 같았다.

하늘을 올려다보는 소년의 콧잔등 위로 눈이 내렸
다. 남매는 걷기 시작했다. 공사장을 지나쳤고, 놀이
터에서는 의자에 쌓인 눈을 모아 둥글게 뭉쳤다. 잘
뭉쳐지지 않았다. 아직 눈이 부족했다. 놀이터를 지
나면 편의점이었다. 편의점 앞에 내리는 눈은 땅에 닿
기도 전에 녹아내렸다. 편의점을 지나 학교에 도착했
다. 수업이 끝난 뒤였지만 제법 많은 아이들이 운동
장에 모여 있었다. 아이들이 뛰어다니는 발자국 위로

소년은 알지 못했다

눈이 내리고 또 내렸다.

소년과 여동생은 아이들 속으로 뛰어들었다. 아이들과 섞여 발자국을 만들고 눈을 뭉쳐 커다란 눈사람을 만들었다. 세 개의 눈사람이 생겨났을 때였다.

아이들이 두 편으로 갈라서기 시작했다.

너는 이쪽, 나는 저쪽.

너는 손이 커서, 나는 키가 커서, 얘는 팔이 길어서, 쟤는 장갑이 좋아서.

이쪽과 저쪽으로 갈라서는 데는 많은 이유가 필요했다. 소년은 누구보다 커다란 손을 갖고 있었다. 팔은 짧지만 키가 커서 눈을 멀리 던질 수 있었다. 단하나, 소년에게는 장갑이 없었다. 장갑이 없는 소년과는 아무도 편을 먹으려 들지 않았다. 소년은 커다란 손으로 만든 눈뭉치를 힘차게 던지고 싶었다. 소년이 맨 손으로 눈을 움켜쥐고 말했다.

"나는 공작새야."

편먹기에 열중이던 아이들이 소년을 쳐다보았다. 공작새를 모르는 아이들은 없었다. 하지만 소년은 아이들과 눈을 마주쳐가며 공작새에 대해서 말했다.

"날개가 있지만 날지 못하는 새, 공작새라고."

아주 잠깐의 침묵이 흘렀다. 아이들은 꽁지깃이 화려하게 펼쳐진 공작새를 그려보았다. 공작새의 꽁지

깃이 꽃처럼 부채처럼 활짝 펼쳐졌다. 그러고 보니 정말, 공작새가 있었다.

아이들이 웃기 시작했다. 다양한 웃음이었다. 그래도 넌 냄새가 나고, 공부도 못하고 툭하면 울어대는 울보일 뿐이야. 하지만, 지금은, 지금은 공작새라고?

어디선가 눈뭉치가 날아왔다. 눈싸움이 시작됐다. 아이들이 뛰기 시작했다. 소년도 함께 뛰었다. 소년이 던진 눈은 아주 멀리 날아갔고, 표적이 된 아이들의 다리에, 가슴에, 팔에, 정확히 꽂혔다.

어느새 소년은 대장이 되었다. 같은 편 아이들은 소년에게 눈뭉치를 전달했고, 소년은 빠르고 정확하게 눈을 던졌다. 도망치는 아이들이 생겨나면 소년은 더 멀리 눈을 던졌다.

소년이 던진 눈을 맞고 아이들이 쓰러졌다. 가슴팍에 맞으면 가슴을 움켜쥐고 쓰러졌다. 다리에 맞으면 다리를 절었고, 팔에 맞으면 팔을 감싸 안았다. 그럴수록 소년은 더 세게, 더 정확하게, 더 멀리 눈을 던졌다.

소년에게 싸움은 낯설지 않았다. 누군가를 때리고, 누군가에게 발길질을 하고, 욕설을 내뱉는 건 소년이 가장 잘할 수 있는 일이었다. 소년은 강해지는 것을 느꼈다. 그게 눈 때문이었는지 아니면, 공작새 때문이

소년은 알지 못했다

었는지는 알 수 없다. 소년은 소리치며 달리는 아이들 속에서 자신의 힘을 마음껏 뽐내고 싶었다.

이제 눈싸움은 사사로운 놀이가 아니었다. 소년을 중심으로 싸움의 양상이 바뀌기 시작했다. 소년이 이쪽에 서면 저쪽의 아이들이 도망쳤고, 저쪽의 아이들이 다시 이쪽으로 오면 소년이 저쪽 편이 되어 이쪽을 공격했다.

아이들은 소년을 피해 도망쳐야 했다. 소년을 피하기 위해 달렸고 소년을 잡기 위해 뛰었다. 그날, 소년을 놀리는 아이는 단, 한 명도 없었다.

해가 지자, 눈싸움도 시들해졌다. 아이들이 서둘러 집으로 향했다. 소년을 향해 손을 흔들어주는 아이들도 있었다. 더 늦기 전에 소년과 여동생도 집으로 돌아가야 했다. 소년은 운동장에 찍힌 발자국을 따라 걸었다. 그 뒤를 여동생이 따랐다.

동생이 물었다.

"이제 집에 가?"

이미 사랑이 사라진 집이었지만 그래도 가야 했다.

소년이 고개를 끄덕였다. 소년의 발밑으로 아이들이 남긴 발자국이 군데군데 나 있었다. 소년은 운동장을 크게 바라보았다. 코와 볼이 빨갛게 언 여동생의 얼굴을 지나 하얀 눈 위로 수없이 많은 발자국이

나 있었다. 발자국과 함께 넘어지고 일어나길 반복했던 아이들의 움직임도 보였다. 소년은 그 속에서 공작새를 보았다. 날기 위해 몸부림치던 공작새의 날갯짓과 사람들의 돌팔매에 맞아 상처 입은 새의 날개가 활짝 펼쳐졌다.

많은 날들이 지났다.

소년은 눈싸움이 있던 날의 기억을 더듬어가며 공작새가 되기 위해 노력했다. 복수를 꿈꿨을 때의 기쁨도 잊지 않았다. 눈뭉치를 움켜쥐고 멀리 던졌을 때 뼈와 근육이 움직이는 것도 기억해야 했다. 자신이 던진 눈뭉치로 아이들이 비명을 지르고 사방으로 흩어지는 순간의 심장도 간직했다. 소년은 열심히, 아주 열심히 그날의 기억을 간직했다.

더 많은 날들이 흘렀다.

소년은 많은 것이 변했다. 짧았던 목과 팔이 자랐고, 눈과 코와 입과 귀도 커졌다. 물론 여전한 것도 많았다. 여전히 소년의 얼굴은 몸에 비해 너무 컸고, 몸에서는 냄새가 났다.

소년의 여동생도 많은 것이 변했다. 한글을 읽고 쓸

줄 알았고, 밥알을 흘리지도, 방바닥에 흩어진 밥풀
도 집어먹지 않았다. 소년처럼 여전한 것도 많았다.
여전히 밤이 되면 아버지가 있는 방으로 불려갔고,
머리카락이 흐트러진 채 방을 나왔다. 소년은 여동생
이 방에서 나오면 먼지를 털어낸 깨끗한 이불로 몸을
덮어주었다. 여동생이 잠이 들면 소년은 자신의 열여
섯 살과 여동생의 열세 살이 얼마나 남았는지 날짜를
헤아렸다.

　소년의 열여섯 살과 여동생의 열세 살을 하루 앞둔
어느 날이었다.
　소년은 빨리 어른이 되고 싶었다. 어른이 된 후의
계획은 간단했다. 주먹을 움켜쥔 채 누군가를 놀리
고, 괴롭히고, 때리는 일은 소년이 가장 잘할 수 있는
일이었다. 이 일은 날개가 있든, 없든 상관없는 일이
었다. 공부를 못하고 몸에서 냄새가 나도 전혀 문제
가 되지 않았다. 소년은 자신이 가장 잘하는 일을 시
작으로 오래전에 세워둔 계획을 떠올렸다.

　나는 열여섯 살, 너는 열세 살.
　그때가 되면 내가 우리의 아버지를 없애줄게.

당신의 자서전

사람들이 바다를 향해서 뛰었다. 출렁이는 물살만큼 여자들의 가슴이 출렁였다. 근육질의 남자들이 여자들의 뒤를 쫓았다. 멀리서 분홍돌고래의 곱사등이 보였다, 사라졌다. 분홍돌고래가 바닷속으로 모습을 감추자 모두가 바다로 뛰어들었다.

분명 꿈이었다. 분홍돌고래의 출현이 바다일 수는 없었다. 아마존이어야 옳았다. 아마존이 아니어도 질 펙한 진흙이 존재하는 미지의 강이어야 했다.

핸드폰에는 알 수 없는 두 개의 전화번호와 국장의 번호가 찍혀 있었다. 분명한 것은 이른 아침부터 국장이 나를 찾는 건 그리 좋은 일이 아니라는 것이다. 거기다 방송이 나간 직후라 더욱 예감이 좋지 않았다.

완성된 필름을 보고 누군가 무난하다는 말을 하자, 국장은 그게 바로 먹히지 않는다고 말했다. 깊이가 없잖아, 깊이가. 깊이가 바로 진실이야. 그러기 위해 선 좀더 가까이 더 깊숙이 들어가야 해. 깊이 들어갈 수록 안은 더 조여져 오지. 그 안에 비로소 우리가 찾는 감동이 있어. 진실을 보는 사람들의 눈을 생각해 봐. 황홀해하는 그 눈빛. 쉽게 생각해. 여자의 질 속에 깊숙이 삽입했을 때 조여져 오는 희열. 다들 알잖아.

하지만 국장의 희열은 나에게 중요하지 않았다. 나에게 문제는 편집이었다. 편집은 언제나 내가 본 순서와 달랐다. 사실을 뒤집어 보여주는 것이 편집이라는 생각이 들었다. 기획은 그렇다 치더라도 촬영과 편집에서는 누구의 관여도 받으려 하지 않았다. 무엇 때문에, 라고 묻는다면 처음 다큐멘터리 피디가 되고자 했던 이유부터 시작해야 한다. 질문에 준비해두었던 대답은 이러했다. 진실을 알고 싶습니다. 그러니까 운명이나 숙명 같은 것들의 인과관계 말입니다. 영화나 소설 같은 이야기 말구요. 다큐멘터리는 진실 아닙니까. 내가 진실이라는 말을 두 번 이상 내뱉자 면접관 몇 명은 웃었고, 낙서를 했고, 하품을 했다. 제가 알고자 하는 진실의 실체는 저입니다. 벽돌공장 사장인 아버지와 신내림을 받아 집에서 쫓겨난 어머니. 그

당신의 자서전

안에서 피해를 입었다고 주장하는 나. 존재론적 이유로 파헤쳐 내가 집을 떠나온 것이 결코 내 잘못은 아니라고, 나를 설득하고 싶습니다.

웃음이, 하품이, 낙서가 멈추고 면접관 모두 나를 쳐다보았다. 모두들 그래, 너 잘 왔다. 어디 진실과 부딪쳐서 그 잘난 필름 한번 만들어보라고 말하는 것 같았다.

몇 년이 지난 지금 확실한 것은 나이가 들수록 노련해진다는 것이다. 그것이 이해의 폭을 좌우했다.

서둘러 도착한 사무실에는 국장이 서너 명의 사람들과 얘기 중이었다. 고개를 숙일 때마다 국장의 가볍게 벗겨진 정수리가 보였다가 사라졌다. 또 어딘가에서 외주촬영이 들어온 모양이었다. 오지로 떠나는 것은 오지라는 글자가 담고 있는 만큼 멀고 험했다. "어디에 있건 위험은 도사리고 있어. 촬영은 언제나 목숨과의 싸움이야. 그만한 모험 없이 무슨 촬영을 할 수 있다고." 떠나기 전에 전화를 걸어 가족들을 안심시키는 말들은 늘 비슷했다. "그냥 보고 오는 거야. 뭐가 위험하다고 그래." 그랬다. 그냥 보고 와야 하는데 오지 못하는 순간이 드물게 일어났다. 다행히 남은 가족들은 과거였기에 견뎌냈고 미래를 모르기에 잊어버렸다.

사람들이 자리에서 일어서자 국장의 눈과 마주쳤다. 순간 듣고 싶은 말과 듣기 싫은 말이 동시에 떠올랐다. 모두 아마존이 존재했다.

왜 그렇게 아마존에 가고 싶어 하는데? 아마존은 비용이 몇 배나 더 들어. 가고 싶다고 갈 수 있으면 우린들 왜 달나라에 가고 싶지 않겠어. 거긴 꿈나라, 별나라보다 더 멀고 허무한 곳이야. 피디들은 아마존을 이렇게 정의했다. 하지만 나에게 아마존은 나의 천기를 닮은 곳이었다.

넌 흙을 많이 타고 태어났단다. 그러니 바람이 아닌 물을 만나야 해. 적당한 흙과 물이 섞이면 수풀이 우거지지. 그곳에는 놀랍고 새로운 일들이 많이 있단다. 엄마는 네가 그곳에 누워 있는 게 보여. 이런 신비한 말에 빠져 엄마의 무릎에서 잠들던 시절이 나에게도 있었다. 엄마는 그런 게 보여? 그런데 이제는 보여도 아무 말 하지마. 아빠가 싫어하잖아. 그리고 나도 싫어.

싫으니 안 하고 살 수 있는 것이 인생이라면 얼마나 좋겠니. 이 말을 했던 사람도 엄마다. 지금에 와서 생각해보면 그때 엄마는 나에게 무언가를 물었던 것 같다. 하지만 나는 너무 어렸고, 사람들처럼 가끔은 엄마가 무서웠다.

엄마는 춤을 추었다. 광적인 춤이었다. 두 팔을 허공에 대고 마음껏 흔들어대면, 불규칙한 통곡이 곳곳에서 터져 나왔다. 굿판에서 가장 먼저 울음을 터트린 사람도, 끝까지 울음을 멈추지 못하는 사람도 엄마였다. 사람들은 엄마를 통해서 눈에 보이지 않는 미지의 세계를 보려 했다. 그 세계를 본 사람도 끝내 보지 못한 사람도 엄마를 통해서 위로를 받았고, 길을 찾았다고 믿었다. 지금은 그런 모습이 나를 향한 위로였다고도 느낀다. 내가 아마존에서 멀어졌다고 해서 나에게 아마존이 없어진 것은 아니다. 지구의 기울기가 기울고, 북극의 얼음산이 녹아 지구가 바다에 잠겨도 아마존은 아직 거기에 있는 것이다. 그저 우리가 늙는 것처럼 형태만 변했을 뿐. 이 정도의 위로면 스스로를 위한 위로치고는 완벽하다고 자위했다.

"어제 방송 나갈 때 뭐 하고 있었어?"

국장은 뭐든지 자신이 알고 싶은 것을 물어볼 수 있는 위치에 있었다. 이제 나 또한 질문에 곧이곧대로 대답하지 않는 여유가 생겨났다.

"하긴 뭘 해요. 잤겠죠."

물론 무엇을 하고 있었는지 기억에 없다. 국장은 내가 들어서자 아마존에 대한 이야기를 꺼냈다. 아마존

은 이번 시청률이 좋을 경우에만 존재하는 다음 프로
그램이었다.

"아마존, 지금은 덥잖아. 좀 시원해지면 생각해보자
고."

아마존이 덥다고? 아마존은 지금이라고 해서 더
운 곳이 아니다. 아마존은 언제나 덥고, 언제나 위험
한 곳이다. 이곳이 덥다고, 더운 날씨가 이유라는 국
장은 과연 아마존이 강이고 밀림이라는 사실을 알고
있을까?

이른 아침이라 사무실에는 출근한 사람이 거의 없
었다. 지금부터 적어도 보름은 내가 이곳에서 가장
한가한 사람인 셈이다. 내가 할 수 있는 일은 다른 사
람의 작업을 도와주거나, 비용이 적게 들지만 생과
사를 확실하게 넘나드는 기획안을 준비하는 것이다.
갑작스런 여유는 호기심을 가져왔다. 나는 핸드폰에
찍힌 알 수 없는 번호로 전화를 걸었다. 병원을 알리
는 안내방송이 끝나기 전에 낯선 여자의 목소리가 들
려왔다.

"예. 중환자실입니다."

중환자실이라니. 간호사는 거듭해서 중환자실이라
고 말했다. 오히려 전화를 걸어 온 내 이름을 물었다.

조영우, 내 이름이었다. 프로듀서 조영우. 담당자 조영우. 피디 조영우. 낯익은 내 이름이 낯선 간호사에 의해 불리고 있었다.

"조영우, 본인 맞으시죠?"

나는 많은 말들을 생각했다. 하지만 간호사는 빠르게 아버지의 위독한 상황을 알렸고, 병원의 이름과 면회시간을 알리고 전화를 끊었다.

뜻밖의 전화는 나와 아버지 사이에 존재했던 십 년 동안의 부재를 인식시켰다. 어디서부터 아버지의 기억을 더듬어야 할지 알지 못했다. 나에게 주어진 갑작스런 여유와 과거로 거슬러 올라가는 기억들. 그 사이에는 분명 망각을 살려내야 하는 혼란이 있었다.

더 이상은 묻지도 마라. 할 말도 없으니. 그저 몹쓸 병이라고만 생각해라. 엄마의 병이 나으면 곧 데리러 오마. 아버지는 그렇게 말했고 나는 그렇게 믿었다. 보름이 지나 집에 왔을 때 엄마는 이미 떠나고 없었다. 그때부터였다. 나는 틈만 나면 설탕을 녹여 먹었다. 혀끝에 녹아드는 부드러운 감촉이나 단맛 때문이 아니었다. 설탕은 공터에 쌓아둔 모래를 닮았다. 시멘트와 모래를 섞어 벽돌을 찍어내던 아버지. 엄마가 떠나고 아버지는 더 이상 벽돌을 찍어내지 않았다. 공장에 쌓아둔 모래는 작은 바람에도 우리가 알지 못하는 먼 곳으로 날아갔다. 하루 빨리 공장에 쌓아둔 모래를 없애야 했다. 그래야 그곳에서 살 수 있었다. 모래는 설탕처럼 고왔다. 하지만 모래는 녹지도, 먹을 수도 없었다. 대신 나는 모래를 닮은 설탕을 온종일 먹어댔다. 입안에 설탕이 녹아내리면, 설탕을 닮은 모래도 조금씩 사라질 거라 믿었다. 거기다 설탕을 쉬지 않고 먹다 보면 어느 순간 토할 것처럼 머리가 아파왔다. 그러면 나는 보란 듯이 아버지 앞에서 구역질을 해댔다. 엄마의 부재에 대한 일종의 반항이었다. 그날도 나는 한 병의 설탕을 먹어 치웠고, 아버지도 사방에서 날아드는 민원으로 동사무소에 불려갔다. 늘어져 헛구역질을 하는 나를 보며 아버지가 말했다.

"내가 제일 잘할 수 있는 일은 네 엄마를 사랑하는 일이었다. 그런데 왜 자꾸만 벽돌을 찍어내라는 건지."

아버지가 누워 있는 내 위로 쓰러질 것 같아 벌떡 일어났다. 아버지가 그렇게 무기력하게 보이지만 않았어도, 내년이면 내가 중학교에 올라가고, 다른 아이들이 포경수술을 시작했다는 것을 알았어도 내가 아버지의 말을 이해하려 들었을까? 그것이 사랑이었다는 것을 알 수 있었을까?

국장의 눈을 피해 옥상을 오르며 생각했다. 아버지가 얼마나 위독한지 생각하며 한 층, 연락처는 어떻게 알았는지 생각하며 한 층, 아기돼지 삼형제 중 가장 튼튼한 집은 벽돌집이었다며 웃는 엄마의 얼굴에서 한 층, 튼튼하던 집이 무너져 내리던 어둠을 생각하며 한 층, 그 어둠을 두렵게 바라보고 있는 내 눈동자를 생각하며 한 층. 그렇게 계단을 올라갔다.

옥상에는 크고 싱싱해야 하는 작물들이 햇볕에 타들어가고 있었다. 며칠 휴가를 다녀온다던 건물 관리인이 늦는 모양이었다. 돌봐주지 않아 제 모양을 잃어가는 것들이었다. 엄마가 떠난 후 계속되는 가뭄으로 건조 중인 벽돌의 모서리가 쉽게 깨져나갔다. 나는 그 위에 올라서서 오줌을 싸기 시작했다. 시원하게 내 오줌을 먹어치우는 벽돌은 어느 벽돌보다 단단하리라 믿었다. 네가 깨지지 않으면 나는 가장 튼튼한 벽돌집을 지을 거야. 그 집에 살면 어떤 귀신도 엄마에게 들어오지 못할 거야. 나는 그때처럼 지퍼를 내리고 타들어가는 작물을 향해 오줌을 누고 싶은 충동을 느꼈다. 때마침 전화가 걸려오지 않았다면 그렇게 했을지도 모르는 일이었다.

선배는 전화를 받자마자 기다렸다는 듯이 말을 늘어놓았다.

"너 같으면 보내주겠냐? 여기서 아마존은 안 돼. 우리가 전문 탐험가도 아니고, 그건 됐고. 너 시간 많지. 나 대신 한 시간짜리 교양프로그램 하나 찍어라. 작가동행. 괜찮지? 오늘이든 내일이든 가서 보고 와. 장소랑 기획안은 내 책상 위에 있을 거야. 잘해, 너 이런 거 잘하잖아."

선배의 명령 같은 부탁이 아니었어도 누군가 나에게 이런 일 하나쯤은 넘겨줬을 것이다. 선배는 전화를 끊자마자 작가의 이름과 전화번호를 문자로 보내왔다. 할 일이 생겼을 때의 긴장감이 싫지 않았다. 사무실에서 병원까지의 거리는 삼십 분이면 충분했다. 책상에 놓여 있다는 기획안을 보고 출발한다고 해도 간호사가 말한 면회시간에는 댈 수 있었다.

기획안의 제목은 '당신의 자서전'이었다. 모두를 포함할 것 같은 '당신'이라는 함정에 빠진 제목이었다. 다큐멘터리의 제목에는 어울리지 않았다. 선배의 감각이 아닌 걸로 봐서, 작가가 붙인 제목인 듯했다. 기획안에는 '죽은 사람들의 전시회-평범한 사람들도 자신의 자취를 남길 수 있다'며 기획의도를 밝혔다. '원할 경우 사진과 글을 모아 책으로도 출판가능' 말하자면 자서전을 만들어준다는 얘기군. 나는 '당신의 자서전' 밑에 밑줄을 그었다. 특별한 것이 있다면 전

당신의 자서전

혀 상관없는 누군가가 다른 사람들의 죽음을 기념하기 위해 만든 전시라는 것, 거기에 책으로도 만들어 준다는 것, 정도였다. 새로울 게 없는 기획안이었다. 기획안에는 이런 내용의 글과 전시장의 위치, 전시된 사람들의 사진 몇 장이 프린트되어 있었다. 눈길을 끄는 사진도 몇 장 있었다. 그림이 될 만한 것을 골라 찍고 적당한 슬픔과 웃음이 섞이면 어느 정도의 그림이 나오는 기획안이었다.

전시장은 서울에서 떨어진 외곽에 위치했다. 병원에 들른 후, 시간을 두고 미팅 여부를 결정해야 할 것 같았다.

기다림이 오래될수록 두려움은 커졌다. 하루하루 엄마의 소식이 멀어지자 기억에서도 사라졌다. 하지만 아버지는 달랐다. 벽돌공장을 처분하고도 오래도록 천장만 바라보며 무기력하게 보냈다. 그럴수록 나는 아버지를 멀리했다. 며칠은 운동장에서 친구들과 공을 찼고, 며칠은 교실에 남아 공부를 했다. 그러다 공부가 지겨워지면 일부러 숙제를 하지 않았고, 준비물을 빠트리거나 괜한 싸움을 걸었다. 그 벌로 나에게 주어진 것은 화장실 청소였다.

그날은 아버지가 멀리 노을을 등지며 나를 기다리

고 있었다.

"뭐 하느라 이렇게 매일 늦냐?"

"화장실 청소했어요."

나는 며칠 전부터 화장실 청소를 시작했다고 말했다.

"그럼 매일 화장실 청소를 했다는 말이냐?"

천장을 바라보며 아버지가 떠올린 것이 엄마만은 아닌 모양이었다.

"아뇨. 오늘은 준비물을 빠트렸어요. 잘못을 하면 화장실 청소를 하거든요."

잠깐 아버지의 걸음이 멈추었던가. 기억이 나지 않는다. 뚜렷한 기억은 노을이 하늘을 물들여서 눈이 부셨다는 것이다. 성큼성큼 앞장서 걷던 아버지가 노을 속으로 빠져버릴 것만 같았다. 나는 아버지의 손을 잡아끌었다.

아버지는 서둘러 정화조 청소원이 되었다. 쑥물 같은 푸른 옷을 입고 주황색 고무장갑을 끼고 동네를 돌아다녔다. 정화조 차에 둘둘 말린 커다란 호스를 재래식 변기에 넣으면서도 환하게 웃었고, 사람들이 코를 막고 가던 길을 멈춰도 아버지는 웃었다. 남들이 마스크를 쓰고 화장실 문을 열 때도 아버지는 절대로 마스크를 쓰지 않았다. 아주 자랑스럽고 성스

럽게 화장실 청소를 해냈다. 그 당시 내가 할 수 있는
유일한 반항은 아버지를 향한 불만이었다.

"창피해요. 아빠가, 아빠가 아니었으면 좋겠어요."

어떤 식으로든 나는 말해야 했다.

"너도 그냥 네 아버지가 잘못을 해서 벌을 받고 있
다고 생각하거라."

아버지는 당당했다. 어쩌면 아버지의 그런 태도가
참을 수 없던 이유일지도 모른다. 하루 종일 천장을
바라보며 누워 있던 아버지가 기어코 찾아낸 직업이
정화조 청소원이라니.

"학교는 매일 화장실 청소하라고 벌을 주지 않아
요. 그리고 정말 잘못 했으면 감옥에 가야죠. 왜 화장
실 청소를 하는데요."

나는 아버지의 대답을 듣고 싶지 않았다. 하지만
아버지는 말을 이었다. 엄마가 빙의를 끝내고 벽에 기
대어 했던 그 느린 말투로 말이다.

"그래 네 말이 맞구나. 그런데 아무도 나를 감옥에
보내지 않으니, 감옥 같은 화장실에 갇혀 살면 되겠
구나."

그렇게 아버지는 평생을 정화조 청소원으로 살
았다.

병원 입구부터 차가 밀렸다. 간호사가 말한 면회시간이 지나고 있었다. 지하 주차장 안쪽으로 병실과 연결된 승강기가 보였다. 승강기를 타기 전에 최 작가에게 전화를 걸어 약속시간을 정했다. 굳이 그럴 필요는 없었지만, 아버지를 만난 후 내가 무엇을 할지는 내 의지대로 결정하고 싶었다.

"여보세요."

졸린 음성의 여자가 전화를 받았다.

"최 작가죠?"

금세 최 작가의 목소리가 밝고 경쾌해졌다. 나는 병원에서의 일정을 끝내고 3시간 후쯤 전시장에서 만나자고 말했다. 최 작가는 대답 대신 어느 병원이냐고 물었다. 순간 병원의 이름이 떠오르지 않았다. 머뭇거리다 생각 난 것이 '내비게이션'에 표시되던 도로와 건물의 이름이었다. 기억에 남았던 거리의 이름을 나열하자 최 작가가 반갑게 알은체를 했다.

"아! 거기라면 그 병원밖에 없을 텐데. 그 병원 응급실 뒤로 큰 주차장이 있는데요. 주차장 옆으로 길게 서른세 개의 의자가 있어요. 왜 서른세 개인 줄 아세요? 그냥 제 생각인데요. 부활이요. 예수님이 죽었다 다시 부활한 나이가 서른세 살이잖아요."

긴 설명이었다. 응급실 뒤의 커다란 주차장과 편의

점. 나는 최 작가가 말한 주차장을 둘러싼 의자가 쉽게 그려지지 않았다. 최 작가는 가볍게 웃으면서 전화를 끊었다. 아무 일 없이 지금을 보내고 있는 사람의 여유였다.

중환자실은 10층이었다. 승강기 앞에서 10층인 중환자실을 생각하다, 그녀처럼 숫자에 의미를 두었다. 완성의 숫자 10. 그 안에서 무엇이 완성되기를 바라는 것일까? 완쾌 아니면 죽음.

중환자실은 어수선하고 복잡했다. 한 바퀴를 돌고 나서야 아버지의 이름을 발견했다. 많은 기계에 의지하며 숨을 쉬고 있는 아버지였다. 일주일 전 병원에 입원했고, 힘겹게 적어주던 내 이름과 전화번호를 끝으로 의식을 찾지 못했다고 간호사가 전했다. 병원에 오기 전, 아버지에게 물었던 물음과 답변들의 의미를 잃어버렸다. 대상이 사라져 버린 싸움은 지나간 사랑처럼 부질없었다.

일주일 전 내가 무엇을 했는지 정확히 떠오르지 않는다. 어디서 술을 마셨을 수도 있고, 술에 취해 어느 낯선 여자와 의미 없는 섹스를 했을지도 모른다. 만약 아버지의 상황을 알았더라도 그날의 일들을 하고 있었을까? 아마도 그랬을 것이다.

의사는 '심장암'이라고 말했다. 돌덩어리가 아버지

의 심장을 누르고 있어, 이대로 심장이 멎길 기다리는 수밖에 없다고 했다. 전혀 예상치 못한 말이었다. 처음 전화를 받던 순간에도, 심전도로 전하는 맥박이 느리게 뛰고 있는 지금도 보이지 않는 죽음이었다. 그런데 곧 아버지의 심장이 멎는다. 모른 척하려 해도 또렷이 알겠는 말, 당신의 아버지는 이제 곧 죽을 것이다, 였다.

한 번도 내가 아버지에 대해서 어떤 결정을 내려야 한다고 생각해보지 않았다. 서로에게 무관심했고 그러다 무의미한 존재가 되어버렸다. 아버지가 절대로 정화조 청소를 그만두지 않았던 것처럼 나 또한 절대로 집으로 돌아가지 않으리라 결심했다. 내가 집을 나간 뒤에도 아버지는 여전히 나를 찾지 않았다. 그런 아버지의 침묵을 견디지 못한 건 나였다. 자취를 시작한 후에도 가끔씩 집 주변을 서성거렸고, 휴가 때는 며칠씩 집에 머물곤 했다. 서로에게 의미가 있었는지는 모르겠지만 나는 최소한 아버지가 보고 싶었다. 또 하나, 내가 가끔씩 집에 들른 이유는 엄마에 대한 소식이었다. 나를 속이면서까지 떠나보낸 엄마였다. 아무것도 보지 말라며 며칠씩 엄마를 방에 가두고, 보지도 듣지도 말라고 하시던 아버지. 나는 당신만 보는데, 당신은 왜 그렇게 많은 걸 보는 거야, 라

당신의 자서전

며 엄마에게 매달리던 아버지였기에 엄마의 소식쯤은 알고 있으리라 믿었다.

"그런데요 아버지, 당신이 지신 거예요. 그렇게 엄마만 보셨으니 그곳에 돌이 내려앉았죠. 움직였어야죠. 엄마처럼 많은 걸 보진 못해도 떠나보낸 사람은 바라보지 말았어야죠."

간호사에 의해 아버지의 하반신이 드러났다. 아버지의 하체는 마르고 하얗게 버짐이 피어올랐다. 간호사가 아버지의 엉덩이를 감싼 성인용 패드를 갈아주었다. 패드에는 물 같은 똥이 오줌과 섞여 묻어 있었다. 먹은 것이 없는 배설물에선 거의 냄새가 나지 않았다.

내가 그토록 아버지를 거부한 이유는 화장실 냄새 때문이었다. 냄새라고도 할 수 없는 고약한 악취. 그 속에서 나는 자랐다. 아버지가 서둘러 정화조 청소원이 되었던 것처럼 나는 하루빨리 그곳에 가고 싶었다. 수풀이 우거져 놀랍고 새로운 일이 많다는 그곳. 엄마의 무릎에 누워 물어보았던 그곳.

거기가 어딘데?

아주 멀리 있지?

얼마만큼 먼데?

그건 네가 커가면서 찾아야지. 그래야 커가는 재미

가 있는 거야. 내가 눈만 동그랗게 뜨고 엄마를 쳐다 봤던 그때, 엄마는 웃으면서 그래도 지구 밖은 아니라고 말했다.

이 년 전, 나는 드디어 그곳을 찾았다. 유년의 추억이 멈춰버린 그때, 내 기억 속에 간직되어온 곳. 놀랍고 불가능한 일이 없다는 그곳에 분홍돌고래가 살고 있었다. '분홍돌고래' 옆으로 수영을 하는 탐험가의 그림 같은 사진. 굽은 등과 기다란 코. 분홍의 살결을 간직한 돌고래였다.

'분홍돌고래는 마법 같은 주술을 부린답니다. 그러니 조심하세요. 잘못하다가는 저 강물 속 수중도시에서 영원히 돌아오지 못할 테니. 그렇다고 겁을 내지는 마세요. 분홍돌고래는 꿈을 꾼 듯 조용히 당신을 대할 거예요. 그러면 당신은 이렇게 얘기하세요. 나에겐 꼭 만나야 할 사람이 있다고. 그러면 분홍돌고래가 두 눈을 깜빡이며 당신에게 영원한 사랑을 선물할 거예요.'

분홍돌고래가 갖고 있는 전설은 아마존의 수풀만큼 많았다. 수많은 전설을 갖고 있는 분홍돌고래를 만나기 위해서는 수심의 깊이가 다른 두 강물이 만나야 한다. 슬리몽스와 네그루 강물이 만나는 그곳에 아마존의 분홍돌고래가 살고 있었다.

당신의 자서전

분홍돌고래의 사진을 처음 봤을 때 느꼈던 진실 같은 아픔이 아버지의 반나체 모습에서 전해졌다. 발밑으로 낡고 검은 가방이 내려졌다. 아버지가 입원할 당시 소지한 가방이라고 했다. 아버지는 어느 집 정화조 청소를 마치고 돌아가던 중 쓰러져 병원으로 실려 왔을 것이다. 간호사는 연락처 하나를 더 알려달라고 했다. 순간 누구의 연락처도 떠오르지 않았다. 습관이 되어버린 내 손은 이미 핸드폰 폴더를 열었고, 방금 전에 통화한 최 작가의 번호를 알려주었다. 낯선 이름과 낯선 번호. 일종의 회피라는 생각이 들었지만 그녀의 번호를 지우기에는 이미 늦어버렸다.

최 작가의 말 대로 응급실 뒤로 편의점이 있고, 그 옆으로 길게 의자가 놓여 있었다. 한 곳에 기준을 두고 하나씩 숫자를 세었다. 의자는 모두 서른세 개였다. 열아홉 번째 의자에서 한 여자가 졸고 있었다. 나는 서른두 번째 의자에 앉아, 아버지의 가방을 서른세 번째 의자에 내려놓았다. 아버지의 가방 속에는 작업복과 오래된 열쇠 두 개, 모서리가 닳아 헤어진 수첩이 들어 있었다. 아버지는 여전히 정화조 청소원이었다. 두 개의 열쇠는 대문과 현관문 열쇠일 것이다. 수첩에는 오 년 전의 어떤 날을 시작으로 꼼꼼하게 메모가 되어 있었다. 군데군데 의미를 알 수 없는 단어들 밑으로 열십자가 전부인 약도가 그려져 있었다. 대부분 정화조 청소를 위해 방문할 집들의 약도인 것 같았다. 그렇게 한 장씩 넘기다 눈에 띄는 약도를 발견했다. 여러 갈래로 나눠진 골목들이 한 곳으로 모여들었다. 골목에 표시된 가게들을 따라가자 어느 지점에서 길이 멈췄다. 약도라기보다는 지도에 가까운 그림이었다. 약도 옆에는 전화번호가 간판처럼 크게 적혀 있었다.

전시장은 산동네였다. 좁은 골목의 담장에는 군데군데 '당신의 자서전' 포스터가 붙어 있었다. 포스터가 붙어 있는 좁은 골목과 골목을 잇는 계단을 따라 한참을 걸어올랐다. 얼마쯤 걷다 보니 '전시장 입구'라는 입간판이 보였다. 입간판이 아니었으면 그냥 지나칠 외관의 전시장이었다. 하지만 안은 달랐다. 잘 꾸며진 정원이나 입구에 적힌 '관람료 무료'의 안내문, '전시할 사진과 글'을 접수 중인 사람들. 여느 전시장의 분위기와 다를 것이 없었다. 전시장 내부도 생각과 달리 밝고 분주했다. 금방 눈에 띌 거라 여겼던 최 작가를 찾는 것도 쉽지 않아 보였다. 전시된 사진 밑에는 생(生)과 졸(卒)을 알리는 날짜가 모두 적혀 있었다. 날짜가 없다면 죽음을 떠올릴 수 없는 사진이었다.

　나는 기획안을 꺼내 다시 읽어보았다. 층마다 슬픔을 구분하기 위해 사진에 신경을 쓴 전시회였다. 최 작가의 기획안대로라면 층이 올라갈수록 생이 짧은 사람들의 전시였다. 계단에 전시된 사진을 보며 층계를 오르자, 누군가의 생을 거슬러 올라가는 기분이 들었다. 카메라에 잡힐 몇 장의 사진이 눈에 들어왔다. 가장 눈에 띄는 사진은 가족사진이었다. 함께한 가족사진 속에서 죽음의 주인공을 찾아내는 건 수수께끼에 가까웠다.

　4층 전시실에서 최 작가를 만났다. 최 작가가 먼저 나를 알아보았다. 전시장에 온 지 삼십 분가량 지난 후였다. 최 작가를 만나자 계속되던 긴장의 실체를 알 수 있었다. 어쩌면 일부러 최 작가의 만남을 피했을지도 모른다. 어색한 통성명이 끝나고 나는 최 작가에게 "어디 전화 온 데 없죠"라고 물었다.

　"아뇨, 없는데요."

　최 작가는 나의 두서없는 질문에 말끝을 흐렸다. 최 작가의 안내를 받으며 4층부터 다시 전시장을 둘러보았다. 기획안을 준비하는 한 달 동안 사진이 두 배로 늘어났다고 했다. 나는 이유가 무엇인지 물었다.

"기억 또는 후회. 아니다. 결국에는 남은 자들의 반성 때문이겠죠."

오랜 생각 끝에 최 작가가 말했다.

나는 '욕심이 아닐까요?'라고 말하려다 그만두었다. 대신 아버지의 얼굴을 액자 속에 그려보았다. 심장에 돌이 내려앉은 아버지의 기억은 무엇일까. 농담 같은 정화조 청소원, 신들린 아내, 가출한 아들, 아니면 다른 그 무엇일까? 아무것도 알 수 없었다. 그 순간 내가 원하는 것은 아버지의 기억이 아닌 나의 기억이었다. 분홍돌고래와 찍은 거짓말 같은 사진이거나 브라질 공항에서의 모습, 혹은 밀림 속 한가운데서 있는 보이지 않는 나의 시간 같은 거 말이다.

전시장을 올라갈 때는 보지 못했던 산동네의 풍경들이 내려갈 때는 자세히 보였다. 모든 것이 낡은 풍경이었다. 차가 세워진 큰길까지의 많은 계단과 빨갛고 파란 색깔의 지붕들, 녹슨 대문과 울퉁불퉁한 골목길, 누군가 부려놓은 바람 빠진 자전거 같은 오래된 것들에서 알 수 없는 신뢰가 전해졌다. 그 신뢰가 최 작가의 감각을 다시 한 번 생각하는 계기가 될 것 같았다.

골목에 주차된 차는 한낮의 햇볕을 그대로 받고 있

당신의 자서전

었다. 뜨거운 햇살을 피해 최 작가는 그늘을 찾아 뒤로 물러났다. 그녀는 자신의 기획안이 채택되길 바란다며 인사를 건넸다. 나는 차에 오르기 전, 분홍돌고래에 관한 이야기를 꺼내고 말았다.

"글쎄요. 어쩌면 이 기획안을 뒤로하고 아마존으로 갈지도 모르겠는데요."

"아마존이요?"

그녀는 다시 물었다.

"네. 아마존이요."

"거긴 너무 멀잖아요."

나는 엄마가 그랬듯이, 그래도 지구 밖은 아니라고 말했다. 그녀는 "부럽네요"라고 말하며 차문을 닫아주었다.

최 작가는 다시 전시장으로 향했다. 새로운 것이 떠오를 때까지 다시 보고, 쓰기로 했다고 전했다. 좁은 골목을 지나고 계단을 따라 오르며 그녀가 무엇을 떠올릴지는 알 수 없다. 하지만 그녀가 기대하고 있을 촬영과 카메라에 담길 '당신의 자서전' 속의 어느 사진들이 스치고 지나갔다. 그리고 핸드폰이 울렸다.

"피디님, 이 전화요. 피디님 아버님이…."

최 작가는 아버지의 죽음을 전하고 있었다. 드디어 아버지의 심장이 멎었다. 이제 아버지의 모든 것은 과거가 되었다. 천천히 차를 몰았다.

  나의 옛집은 여전히 파란색 지붕이었다. 세 채의 집
뒤로 난 주차장도 그대로였다. 아버지의 가방에서 열
쇠를 꺼냈다. 얇고 작은 것은 대문열쇠이고, 둥글고
구멍이 뚫린 것은 현관열쇠이다. 대문을 열기 전, 잠
시 숨을 골랐다. 어머니에게 아버지의 죽음을 알려야
했다. 아버지의 가방에서 수첩을 꺼냈다. 지도를 닮은
약도와 간판처럼 적힌 번호로 전화를 걸었다. 누군가
전화를 받으면 무작정 어머니를 찾고, 아버지의 죽음
을 전하려 했다.
  "여보세요."
  나이를 가늠할 수 없는 여자의 목소리였다. 나는
망설이다 엄마의 이름을 꺼내 물었다.
  "김진숙 씨 계신가요?"
  이번에는 여자가 망설이는 듯했다.
  "아, 선생님이요."
  이제는 선생님으로 불렸을 어머니였다. 상대방은
잠시 머뭇거리다, 이 년 전에 돌아가셨다, 고 아무렇
지도 않게 전했다. 한편 여자의 말투에서는 오래전에
죽은 사람의 안부를 묻는 나에 대한 질책이 배어 있
는 것 같았다. 나는 어머니의 죽음이 아무렇지도 않

왔다. 너무 늦었다는 게 이유일지도 모른다. 아버지
가 내 전화번호를 알아낸 방법도 지금처럼 무언가를
알려야 했기 때문일 것이다. 그게 무엇인지 이제는 알
것 같았다. 백방으로 알아내어 전화를 했을 당시 나
는 한 달간 이곳에 없었을 것이다. 평소처럼 일을 핑
계로 어딘가를 돌아다녔고, 가끔씩 휴대폰을 꺼놓았
을지도 모른다. 어렵게 번호를 알아내어 어머니의 죽
음을 알리려는데 속수무책 연락이 되지 않고, 그렇게
장례식을 넘기고 며칠이 지나자 아버지는 나에게 어
머니의 죽음을 일부러 알리지 않았을 것이다. 어쨌든
나는 지금까지 어머니의 생존을 의심하지 않았으니,
아버지보다 이 년이라는 시간을 더 즐겁게 살아왔다.
이 년이 지난 지금, 이제는 너무 늦어버린 어머니의
죽음보다, 혼자 견뎌야 하는 아버지의 죽음이 더 무
거웠다.

　아버지의 집은 시간이 정지한 듯 예전 모습 그대로
였다. 오래된 탁자 위에는 어머니와 아버지의 사진들
이 놓여 있었다. 긴 호스를 부여잡고 벽돌에 물을 뿌
리는 모습. 비 내리는 벽돌 공장의 풍경. 그 사진 속
어떤 날들이 선명하게 떠올랐다. 아버지의 행복이라
말할 수 있는 기억들이었다. 이제 아버지에게 남은 것
은 저 오래된 사진들뿐이다. 나에겐 악취 같았던 기

억들이 아버지의 죽음을 통해 거대한 기억으로 다시 만났다. 사진을 집어 든 손이 떨리고, 가슴 한쪽이 무겁게 내려앉았다.

다시 차를 몰았다. 골목이 끝나는 두 갈래의 길에서 병원이 아닌 전시장으로 향했다. 이제 아버지의 가방 속에는 어머니의 기억이 함께 담겨 있다. 나는 층마다 슬픔을 구분해놓았다는 '당신의 자서전' 전시장에 몇 시간이고 벽돌에 물을 뿌리던 아버지와 어머니의 사진을 걸어놓을 것이다. 사진 밑에 생(生)과 졸(卒)이 자서전처럼 적히면, 제목도 붙여줄 것이다. 그리고 여기 말고 거기 시간의 강물에서, 두 강은 수심이 같아 헤어짐이 길지 않고, 하나의 강이 되어 오래도록 흐르길.

액자에 비친 또 하나의 사진이 있다. 분홍돌고래와 헤엄을 치는 나의 사진일 수도, 밀림 속을 걸어가는 나의 사진일 수도 있다. 그 사진 하나가 나를 바라보며 웃고 있다.

언덕 위의 집

처음에는 하나였을 것이다. 그러다 둘이 되고, 셋이 됐을 이 마을의 전설은 그리 특별하지 않다. 쥐들이 자리한 땅 위에 집이 섰고, 한 채에서 두 채로, 두 채에서 세 채로 집이 이어졌다. 사람이 지나간 자리에는 어김없이 쥐들이 살았다. 자리를 내준 쥐들은 왕성한 번식력으로 새끼를 낳았고, 배고픈 새와 수많은 벌레들이 쥐의 몸짓에 놀라 땅과 하늘로 퍼졌다. 그제야 사람들이 하늘을 올려다보았다. 하늘은 조용했다. 대신 해와 달이 뜨고 지기를 반복했다. 변덕스러운 시간들 사이로 아이들이 태어났다. 대부분의 아이들은 울지도 못하고 명을 다했고 어쩌다 살아난 아이들은 힘겹게 목숨을 이어갔다. 죽은 아이들은 땅에 묻히지 못하고 강이나 산에 버려졌다. 땅을 파고 흙을 고르는 시간이 아까운 어른들의 짓이었다. 해는 짧았고,

땅은 척박했다. 시간은 시뻘건 아이들을 어른으로 만들었다. 어른이 된 아이들은 서둘러 집을 지었고, 집과 집이 이어져 마을이 생겨났다. 마을은 빠르게 사람들을 품었다. 사람들은 이 마을과 저 마을을 걸어다니며 걷거나 쉬기를 반복했다. 그러다 시간이 흐르고 죽음에 이르면, 또 다른 아이들이 태어나 마을의 전설을 이어갔다.

*

'그 아이가 너였다.'

늙은 아버지의 변함없는 말이다. 모든 아이가 '너'였다는 늙은 아버지에게 소년은 언제나 '아이'이다. 어른이 되어보지 못한, 그래서 아이로 태어나 아이로 자란 소년은 태어나 처음으로 늙은 아버지를 보았다. 주름진 얼굴과 느릿한 걸음걸이. 어둠 속으로 늙은 아버지가 들어왔다. 아이는 늙은 아버지를 보자 서럽게 울어댔다.

아버지.

늙은 아버지가 아이를 보았다. 모든 것이 작은 아이였다. 버둥대는 손과 발. 붉은 살결과 힘없이 감긴 실눈 속으로 늙은 아버지가 손을 흔들었다.

아이야.

이제 늙은 아버지는 아이를 위해 밭을 갈 듯 시간
을 밀고 나간다. 물론, 쉬운 일은 아니었다. 다행인 것
은 늙은 아버지가 시간을 믿는다는 것이다. 그는 해
와 달의 길이를 느꼈다. 꽃이 피고 열매가 맺히는 시
간을 보았고, 소매를 걷어 올릴 줄 알았다. 처음에는
어려웠다. 해가 뜨면 아침이고 달이 뜨면 저녁이라는
사실에서 좀처럼 나아가지 못했다. 늙은 아버지는 평
범하다 못해 가난한 사람이었다. 가난은 사람을 보잘
것없게 만들었다. 보잘것없으니 자신이 좋은 사람일
리 없다고 믿었다. 어리석었지만 아무도 어리석다고
알려주지 않았다. 늙은 아버지는 좋은 사람이 될 기
회를 갖지 못한 채 나쁜 사람이 되어갔다.

늙은 아버지에게도 기회가 찾아왔다. 작고 연약한
아이가 눈을 뜨는 순간이었다. 아이의 검은 눈동자가
반짝였다.

아이가 말했다.

아버지.

늙은 아버지가 대답했다.

"그래, 나의 작고 연약한 아이야."

늙은 아버지는 또 한 번의 시간을 보았다. 아이에서

어른으로 자라나 죽음에 이르는 시간은 짧고 슬펐다.

아이의 검은 눈동자가 늙은 아버지를 지나 천장에 가닿았다. 아이가 심하게 울었다. 천장의 무게에 짓눌렸거나 침묵에 빠졌을 수도 있다. 늙은 아버지가 아이를 들어 안았다.

늙은 아버지가 아이에게 물었다.

"서럽니?"

아이가 더 크게 울었다.

늙은 아버지가 아이를 달래며 말했다.

"서럽구나."

그날 이후였다고 늙은 아버지는 생각한다. 온 힘을 다해야 하는 이유. 한때 늙은 아버지는 요리사가 되고 싶었다. 하지만 음식을 차려내기도 전에 입안 가득 침이 고였다. 늙은 아버지의 침이 음식 위로 떨어졌다. 사람들이 소리를 질렀다.

세월이 흘렀다. 늙은 아버지가 다시 소매를 걷어 올렸다. 아이도 등에 업었다. 이 일과 저 일 사이에서 늙은 아버지는 좋은 사람이 되기 위해 골몰했다. 노력했고, 노력은 특별한 것이다. 늙은 아버지는 요리사의 꿈을 포기하는 대신 야채를 파는 사람이 되었다.

어느 덧, 아이는 소년이 되었다. 소년은 하늘을 날고 싶었다.

언덕 위의 집

늙은 아버지가 물었다.

"꼭, 하늘이어야 하니?"

"꼭, 하늘이어야 해요."

소년이 말했다. 소년은 하늘을 갖고 싶었다. 끝없이 펼쳐진 하늘을 올려다보면 고열로 흘러내린 땀과 눈물을 잊을 수 있었다. 갑작스런 소년의 변화였다. 소년은 앉거나 서 있는 날보다 누워 있는 날이 많아졌다. 소년의 가장 큰 변화이기도 했다. 그럴수록 소년은 하늘을 올려다보았다. 소년의 유일한 놀이는 창문 너머로 구름을 올려다보는 것이었다. 구름이 멈추면 손톱만한 하늘도 사라졌다. 소년은 구름이 걷힐 때까지 늙은 아버지가 들려준 이야기를 떠올렸다.

처음에는 하나였을 것이다.

그러다 둘이 되고 셋이 됐을 이 마을의 전설은 그리 특별하지 않다.

부자와 가난한 사람들의 이야기

아이와 어른의 이야기

산과 땅의 이야기

바다와 강의 이야기

신과 인간의 이야기

*

　이제부터 언덕 위의 집이 등장한다. 늙은 아버지의 시련과 함께였다.

　수많은 계단을 올랐다. 소년을 위한 집이었기에 하늘과 가까웠다. 계단과 계단 사이로 담장과 대문이 이어졌다. 마지막 계단을 올랐다. 바람이 불었고, 바람이 머무는 곳에 언덕 위의 집이 있었다. 언덕 위의 집은 모든 것이 작았다. 작은 대문과 작은 마당. 낮은 담장 아래로 마을이 내려다보였다. 수많은 지붕이 펼쳐졌다. 계단만큼 많은 집들이었다. 늙은 아버지는 무덤 같은 지붕이라 말했고, 소년은 무지개를 닮았다고 말했다. 밤이 되면 별보다 많은 불빛이 일렁였다.

　소년은 간밤에 불이 났다고 말했다.

　"불이 났어요."

　늙은 아버지가 웃었다.

　"강 건너의 불이었단다."

　소년의 눈이 담장 너머로 향했다. 강은 보이지 않았다.

　소년이 늙은 아버지에게 말했다.

　"강이 보이지 않아요."

소년을 등에 업은 늙은 아버지가 다시 말했다.

"밤이 오길 기다려야지."

밤이 되자 별보다 많은 불빛이 반짝였다.

소년이 보았던 불이었다. 소년은 어제와 같은 불이
났다고 말했다.

늙은 아버지가 소년을 다독였다.

"이번에도 강 건너의 불이란다."

소년은 늙은 아버지의 말을 알아듣지 못했다. 많은
말들이 그랬다. 특히나 늙은 아버지의 전설은 끝이
없었다. 소년은 늙은 아버지의 이야기를 떠올리며 죽
음을 기다렸다. 늙은 아버지도 소년의 죽음을 기다렸
다. 죽음을 기다리는 동안 소년은 방안에 누워 시계
를 올려다보았다. 시곗바늘이 종일토록 흘러갔다.

소년이 늙은 아버지에게 물었다.

"아버지, 시계가 가요."

늙은 아버지가 시계를 올려다보았다. 시간이 흘러
갔다.

늙은 아버지가 소년에게 말했다.

"시간이 가는 거란다."

*

어제와는 다른 낙엽이다.

소년은 바람을 탓한다. 바람이 끌어 모은 먼지가 문제였다. 먼지는 바람을 타고 낙엽을 모았고, 낙엽은 원을 그리며 바람을 타고 다시 돌았다.

늙은 아버지는 마당 안의 모든 것들이 살아 있다고 믿는다. 낙엽도, 먼지도, 하물며 오래 묵은 머리카락도 허투루 보지 않는다.

바람은 죄가 없다.

소년은 늙은 아버지의 어깨에 내려앉은 바람을 보았다. 옷깃 하나 흔들지 않고 앉아 있는 바람이다. 녀석에 비해 마른 잎사귀에 내려앉는 바람은 소리가 크다. 그 소리를 반기는 사람은 오직 늙은 아버지뿐이다.

소년은 여전히 바람을 탓했다.

늙은 아버지가 마을을 떠나지 않은 것도 아버지가 본다는 귀신도 모두 바람 탓이다.

시간이 멈췄어요. 아버지.

아주 오래전, 소년이 보았던 많은 것들이 사라졌다. 집이 무너지고, 길이 사라졌다. 사방으로 날리는 먼지가 늙은 아버지의 몸을 덮쳤다. 뿌리째 뽑힌 나무는 트럭에 실려 갔고 길 잃은 쥐들이 사방으로 흩어졌다.

언덕 위의 집

그날의 기억은 늙은 아버지도 잊지 못한다. 좁은 골목으로 이삿짐 트럭이 줄을 이었다. 서둘러 떠나는 사람들과 인부들이 뒤엉켜 마을이 술렁거렸다.

"축제가 아니란 말이오."

늙은 아버지가 이삿짐 트럭에 매달린 나뭇가지를 떼어내며 말했다. 하지만, 아무도 늙은 아버지의 말을 듣지 않았다. 얼마 후, 늙은 아버지의 집으로 인부들이 들이닥쳤다.

"도대체, 이사를 안 가는 이유가 뭐요."

"내 집이요."

늙은 아버지의 눈에 눈물이 고였다.

인부들은 늙은 아버지의 눈물을 이해하지 못했다. 거칠고 사나운 인부들에게 늙은 아버지는 귀찮은 존재였다.

"뭐야, 우는 거야?"

인부들이 늙은 아버지를 보며 웃어댔다.

그날 이후, 더 많은 사람들이 마을을 떠났고, 더 많은 사람들이 늙은 아버지를 향해 예전의 늙은 아버지가 아니라고 수군거렸다.

쯧쯧쯧!

사람들이 혀를 찼다.

늙은 아버지는 마을 사람들에게 자신의 귀밑머리

를 보여주었다.

"잘 보세요. 나는 귀밑을 시작으로 목선을 따라 반듯하게 머리카락을 자른다오. 이게 나요."

사람들이 웃었다. 차라리 야채를 팔던 늙은 아버지로 기억하는 게 더 빠를지도 몰랐다. 싸고 맛있는, 그래서 품위까지 얻은 늙은 아버지가 좋은 사람이 되어가던 시절의 이야기 말이다.

"저에게는 어린 아들이 있어요. 하늘을 날고 싶어하죠. 그래서 언덕 위의 집으로 이사를 왔답니다. 하늘과 가까우니 언젠가는 하늘을 날 수 있겠지요."

마을 사람들이 고개를 들었다.

"저, 언덕 위의 집이요? 숨이 턱까지 차오를 텐데, 너무 늙고 너무 어린아이가 이사를 왔어요."

괜한 걱정이었다. 얼마 지나지 않아 마을 사람들은 늙은 아버지의 야채를 사기 위해 언덕 위의 집을 찾았다.

"한입 베어 물면 입안 가득 퍼지는 이것은 무엇인가요?"

마을 사람들이 물었다.

"제 야채의 비밀은 사랑이랍니다."

늙은 아버지의 말에 마을 사람들이 두 눈을 깜빡였다.

"하, 못 믿겠어요? 그럼, 저 아래를 내려다보세요."

마을 사람들이 언덕 아래를 내려다보았다. 집이 있었다. 뱀처럼 길게 늘어선 집과 골목. 나란한 불빛들이 만들어낸 빛의 길. 그 사이로 사람이 살았다. 마을 사람들은 서로의 집을 찾기 시작했다.

"어때요. 한입 베기도 전에 입안 가득 침이 고이죠. 그게 사랑이에요. 배고픈 사랑이죠."

사람들의 배에서 꼬르륵 소리가 들렸다. 마을 사람들은 늙은 아버지의 야채를 가슴에 품었다. 늙은 아버지가 좋은 사람이 되어가던 시절이었다.

그 시절은 다시 돌아오지 않는다.

눈썹처럼 뒷목을 덮은 흰 머리카락과 반듯한 외모. 홀로 어린 소년을 키우던 늙은 아버지는 이제 없다. 사람들의 기억 속에 늙은 아버지는 재개발을 반대하는 골칫거리일 뿐이다. 마을 사람들이 원하는 건 부자였다. 소년도 마찬가지다. 될 수만 있다면 늙은 아버지가 부자가 되길 바랐다. 바람을 보는 것 따위는 부질없는 일이다.

마을을 떠나는 사람들이 늙은 아버지의 향해 소리쳤다.

"굶어 죽지나 마세요!"

마을 사람들의 마지막 말이었다. 다행히 늙은 아버

지는 굶지도, 죽지도 않고 여전히 살아 있다.

사람들이 그랬잖아요. 헛수고라고.

소년의 한숨이 깊을수록 바람은 신이 났다.

찬바람을 몰고 올 거야. 늙은 아버지의 머리카락을 세차게 흔들 거야. 옷깃을 여미겠지. 그러면, 옷깃 속으로 들어가 가슴을 어루만질 거야. 미련이 남았다면 그 미련을 감쌀 거야. 미련이 녹아내리면, 그 때가 되면, 봄이 올 거야.

소년도 잊고 있었던 봄이다. 소년이 가고 수많은 봄이 왔다. 여전한 기다림. 늙은 아버지가 간직한 여전한 것들 속으로 바람이 사라졌다. 바람은 늙은 아버지가 말하는 이야기의 시작이다. 처음에는 하나였단다…의 시작. 그러다 둘이 되고 셋이 됐을 이야기 속에 여전히 소년이 살고 있다.

*

소년은 남자가 마음에 든다.

계단을 오르는 거친 숨소리. 남자의 인기척이다. 급경사의 계단을 오른 뒤에는 이마에 맺힌 땀을 닦아내

언덕 위의 집

고 늙은 아버지를 부른다.

남자는 몇 달 만에 늙은 아버지를 찾아온 유일한 사람이다. 물론 가끔씩 언덕 위까지 올라오는 인부들이 있지만, 그들이 찾는 건 소문 속의 귀신과 유령이다.

어디서부터 시작된 소문인지는 알 수가 없다. 정확한 건 늙은 아버지가 본다는 귀신의 처음이 위로였다는 것이다.

그럴 수밖에 없어도 그럴수록 정신줄을 놓지 말아야 한다고 마을 사람들이 눈물을 흘렸다. 마을 사람들의 위로가 계단을 타고 전해졌다. 꽃을 들고 온 사람들이 늙은 아버지의 손을 잡아주었다.

사람들의 위로가 전해질수록 늙은 아버지는 자신이 기억하는 이야기 속의 '아이'를 떠올렸다. 하지만 '그 아이가 너'이길 바라던 소년은 이제 없다.

무심한 세월이 흘렀다.

소년이 죽기 전에도 소년이 죽은 후에도 마을 사람들은 똑같은 위로를 건넸다. 그럴수록 늙은 아버지의 슬픔은 더해갔다.

이른 아침, 늙은 아버지가 밖으로 나왔다. 수많은 발자국이 이어졌을 계단이 눈에 들어왔다. 깨진 계단의 틈으로 풀이 돋았다. 계절이 바뀌고 있었다. 그 순간, 계단에 걸터앉은 늙은 아버지가 울기 시작했다.

"배고픈 새는 이렇게 울어요."

배고픈 새라니, 늙은 아버지의 울음소리에 마을 사람들이 대문을 열고 내다보았다. 이제 늙은 아버지의 울음은 통곡이 되었다.

누군가 물었다.

"저렇게 울어대는 새를 본 적 있나요?"

또 다른 누군가 대답했다.

"미친 새라면 모를까."

소문의 시작이었다. 배고픈 새와 늙은 아버지의 울음이 뒤섞였다. 마을 사람들이 아무리 귀를 틀어막아도 늙은 아버지의 울음소리는 사람들의 귀에서 떠나지 않았다. 누군가 늙은 아버지에게 돌을 던졌다. 포물선을 그으며 날아온 돌이 늙은 아버지의 이마를 때렸다. 돌이 날아온 방향으로 사람들의 눈길이 쏠렸다. 이마를 감싼 늙은 아버지의 손가락 사이로 피가 흘렀다. 상처가 아물기 위해선 시간이 필요했다. 그만큼의 시간이 흐르는 동안, 하늘이 늙은 아버지를 내려다보았다. 더 이상 늙은 아버지는 배고픈 새처럼 울지 않았다. 대신 바람과 비와 고양이와 흩어진 낙엽과 허공을 떠도는 온갖 것들이 늙은 아버지의 집을 드나들었다.

언덕 위의 집

날이 갈수록 늙은 아버지가 귀신을 본다는 소문이 풍성해졌다.

삼 년을 침묵으로 버텨온 늙은 아버지였다. 귀신같은 몰골로 귀신같은 집에 사는 사람. 반쯤 열려진 문틈으로 발 달린 온갖 것들과 눈에 보이지 않는 것들이 들고 나는 유령 같은 집. 밤이 되면 사람과 집이 하나가 되어 하늘을 떠돈다는 소문이 돌았다. 마을 사람들은 귀신이 사는 흉가를 떠올렸다.

보름달이 떠야 한다. 구름이 보름달을 스치며 인기척을 낸다. 이제 시작이다. 이 오싹함을 느끼기 위해선 밤을 기다려야 한다. 밤을 기다리고, 밤을 견뎌낸 사람만이 소문의 진실을 확인할 수 있다. 하지만 언제나 그, 밤이 문제였다. 땅이 조용해지고 밤하늘이 소란을 떠는 밤이 오면 아무도 늙은 아버지의 집을 찾지 않았다.

몇 달이 지났다. 이제 마을 사람들은 늙은 아버지의 집이 낮에도 하늘을 떠돈다고 말했다.

"이 환한 대낮에?"

"이 환한 대낮에."

"이 환한 대낮에 어떻게?"

"어떻게는 뭘 어떻게. 하늘을 떠다닌다잖아."

"본 사람은?"

"본 사람이야 없지."

"없다고?"

"저 위를 봐. 낮인들 유령이 없을까."

유령은 효과적이었다. 오래전, 구청에서 찾아온 남자들 모두 늙은 아버지의 소문을 믿었다.

첫 번째 남자가 두 번째 남자에게 전한 말에 의하면 늙은 아버지의 집은 언덕 위, 그것도 제일 꼭대기에 있다고 했다. 너무 높아서 대문을 발로 찰 수밖에 없었다며, 녹슨 철가루가 바람에 날려 잔기침까지 했다고 겁을 주었다.

두 번째 남자는 세 번째 남자에게 아귀가 벌어진 낡은 대문에 더해, 늙은 아버지의 생김새를 전했다. 마당에 있는 마른 감나무보다 더 말라비틀어진 늙은 남자가 귀신처럼 서 있고, 누군가 등을 떠민 것처럼, 어쩔 수 없이 마당으로 들어갔지만 늙은 아버지의 깊은 눈동자에 찔릴 뻔했다며 자신의 눈을 감쌌다.

세 번째 남자는 네 번째 남자에게 두 번째 남자가 전한 늙은 아버지의 모습을 떠올리며 늙은 아버지의 집을 찾았다고 전했다. 감나무보다 더 말라비틀어졌으니 무서울 건 없었어. 하지만 귀신처럼 서 있는 모습과 깊은 눈동자는 어떻게 말해야 할까. 나는 대문을 발로 차지도 나뭇가지를 부러뜨리지도 않았어. 늙은 아버지와 시선을 마주하는 대신 마당을 살폈지. 담벼락 밑으로 낙엽이 융단처럼 쌓여 길을 냈어. 늙은 아버지는 나뭇가지와 담벼락을 잇고 있는 거미줄에서 날벌레를 떼어내고 있었어. 이미 죽은 작고 까만 벌레였어. 그리고 고양이, 융단처럼 쌓인 낙엽 위에 갈색과 노란색이 섞인 고양이가 뒹굴고 있었어. 늙은 아버지에게 물었어.

"귀신이 보이세요?"

하필, 그 순간 튀어나온 말이 귀신이었다니, 믿을 수 있겠냐고 세 번째 남자가 네 번째 남자에게 말했다.

"그래서?"

네 번째 남자는 세 번째 남자에게 계속해서 물었다.

"그래서?

"언덕 위의 집을 내려왔어. 아래는 거의 난장판이야."

"그래서?"

"집들이 남아나질 않았는데 뭔들 온전하겠어."

"그래서?"

"계단이 그대로인 게 신기했어. 어떻게 계단이 그대로일 수가 있지."

"그래서?"

"내려오면서 알았어. 사람이 사니까, 길이 있었던

거야. 나도 사람이잖아."

"그래서?"

"가보면 알거야."

"그래서?"

"고양이가 뛰어내렸는데, 왜 낙엽이 꿈쩍도 하지 않았는지."

"그래서?"

"거미줄을 잡아당기는 그 손가락은…."

세 번째 남자는 네 번째 남자의 수많은 '그래서' 뒤에 네 번째 남자에게 전하지 못한 말이 있었다. 거미줄에 걸린 벌레들과 늙은 아버지. 늙은 아버지의 깊은 눈동자에 찔리긴 했어도 분명 달랐던 그 무엇을 두고 "그래서?"라고 묻는다면, 세 번째 남자는 이렇게 말하려고 했다.

"사실, 아름다웠어."

네 번째 남자는 언덕을 오르기 전부터 마음을 다졌다. 대문을 발로 차지도, 마당으로 들어가 나뭇가지를 부러뜨리지도 않을 것이고, 낙엽이 쌓였든, 낙엽 속으로 고양이가 헤엄을 치든, 거미줄에 걸린 벌레를

언덕 위의 집

손톱으로 떼어내든 말든, 늙은 아버지와 눈도 마주치지 않으려 했다. 드디어 늙은 아버지의 집에 도착했다. 조심스럽게 대문을 미는 순간, 네 번째 남자는 늙은 아버지와 마주했다. 그리고 늙은 아버지의 등 뒤로 부는 바람을 보았다. 나뭇가지에 매달린 나뭇잎을 흔들며 허공을 맴돌게 하는 바람이었지만, 길게 늘어뜨린 늙은 아버지의 옷자락이 나뭇잎과 하나가 되어 춤을 추는 것 같았다.

네 번째 남자가 다녀간 뒤로 몇 달이 흘렀다.
그리고, 지금의 다섯 번째 남자가 왔다.

다섯 번째 남자가 늙은 아버지를 부른다.

*

쪼그려 앉은 늙은 아버지가 몸을 일으켰다. 짧게 두 사람의 눈빛이 오고 갔다. 남자가 입꼬리를 올려가며 웃기를 청해도 늙은 아버지는 웃지 않는다. 마당까지 걷는 짧은 열 걸음 동안, 남자는 낙엽이 만든 갈색의 융단을 보았다. 바람을 따라 꿈틀대는 낙엽들과 낮은 담장에 걸친 나뭇가지. 그 사이로 걸쳐진 춤

촘한 거미줄에는 여전히 살아 숨 쉬는 날벌레들이 걸려있다.

담장 너머로는 사라진 마을이 훤히 내려다보인다. 푹 파인 땅, 넓고 깊은 끝을 알 수 없는 땅덩어리다. 땅 속의 땅을 파고, 땅을 고르고 다지는 시간들이 수없이 흘렀다. 남자의 눈길이 다시 늙은 아버지를 향했다. 귀신도 유령도 아닌 귀밑머리가 반듯한 사람이다.

남자는 늙은 아버지에게 이 마을의 전설을 전한다.

처음에는 하나였을 것이다. 그러다 둘이 되고, 셋이 됐을 이 마을의 전설은 그리 특별하지 않다. 언덕 위의 집에는 늙은 아버지와 어린 소년이 살았다. 소년은 어른이 되기 전에 생을 다했고, 소년을 잊지 못하는 늙은 아버지는 언덕 위의 집에서 소년을 기다렸다. 소년은 생을 다한 후에도 발길이 닿는 대로 걷거나 쉬기를 반복하며 언덕 위의 집을 드나들었다. 소년을 기다리던 늙은 아버지는 언덕 위의 집과 함께 전설로 남았고, 늙은 아버지가 죽음에 이른 뒤에는 또 다른 아이들이 태어나 이 마을의 전설을 이어 갔다.

언덕 위의 집

이번에는 늙은 아버지가 보고, 듣고, 느낀다는 소년의 이야기를 남자에게 전한다.
　소년의 귀가 솔깃하다.

　"때로는 구름이라네."
　"때로는 하늘이기도 하지. 아니, 땅이라면 어떻겠나."
　"오늘은 흙이라네."
　"그러니 내일은 바람일걸세."
　"어떤 날에는 밤으로도 나타나지."
　"또 어떤 날에는 새벽이었다가, 아침이기도 하지."

　모든 무용한 것들의 의미. 늙은 아버지가 보고, 듣고, 느낀다는 소년의 흔적은 이런 것들이다. 누가 이 모든 것을 소년이 아니라고 단정 지을 수 있을까? 지금은 이야기의 시작일 뿐이고 또 다른 이야기가 시작되기 위해서는 시간이 필요하다. 시간이 흐르면 모든 것이 둘이 되고 셋이 되는 이야기의 비밀. 셀 수 없이 많은 이야기를 두고 늙은 아버지는 전설이라고 말한다.

아버지의 전설은요?

소년이 늙은 아버지에게 묻는다.

이제 늙은 아버지의 전설은 기다림뿐이다.

작가의 말

누구에게나 활동 영역이 있습니다. 말하자면 사회 생활이 이뤄지는 곳이 되겠지요. 저의 활동 영역은 여러분과 같은, 같았을, 곳이었습니다. 아침에 일어나 출근을 하고, 퇴근 시간이 되면, 보지 않아도 됐을(지금 생각해보면) 눈치를 보며 집으로 향했습니다. 퇴근 후에는 친구들과 어울리는 두어 시간을 즐겼고, 주말에는 못다 쓴 소설을 쓰겠다고 힘겹게 소설을 끄적이는 사람이었습니다. 막연히 좋은 시간이었고, 지금은 그리운 시간입니다. 그 시간을 내려놓기까지 몇 번의 망설임과 후회가 있었습니다. 그렇게 오늘이 왔습니다. 지금은 소설과 약간의 돈벌이를 궁리하며 살아가고 있습니다. 좋은 날이 올까요? 좋은 날이 오겠지요. 라는 자문과 자답을 함께하며 말이지요.

소설을 좋아하고, 알고 싶고, 쓰고 싶은, 그래서 이야기의 힘을 믿는 모든 분들이 이 책을 읽어주었으면 합니다. 읽다 보면 만나게 될 위안부 피해 할머니인 금령할머니. 기자 륜이 말했지요. 신문에는 선과 악, 행복한 사람과 불행한 사람밖에 없다, 고. 피와 순정을 간직한 새불이 마을에는 아직도 양춘이 살고 있겠죠. 치윤은 어떻게 되었을까요? 어둠이 전부인 세상에서 치윤이 시작한 첫 문장은 무엇일지. 리켈은 끝까지 책을 읽었을까요. 아마존의 분홍돌고래는 여전할지, 날개도 어른이 되었겠죠. 늙은 아버지의 전설도 궁금해지네요. 그리고 이 사연 많은 사람들 곁을 스쳐지나갔을 수많은 사람들. 그들은 지금 어디에서, 어떻게 지내고 있을까요?

이들에게 안부를 묻는 소설이 되었으면 합니다. 출근과 퇴근을 반복하는 일상 속에서 분명히 들었던 뉴스 한 토막 속의 우리에 더해, 길 한복판에서 한숨을 쉬어본 적 있는 우리들의 안부 말이지요.

모두의 안부를 묻습니다.

2020년 봄
황경란